Birger Brand

Blutiges Rügen

Das Massaker im Norden

Küstenkrimi

Ostseekrimi

Die Handlung und alle handelnden Personen sind frei erfunden. Jegliche Ähnlichkeiten mit tatsächlichen Begebenheiten, lebenden oder verstorbenen Personen sind deshalb unbeabsichtigt und rein zufällig.

1. Auflage Juni 2024

Inhalt: Birger Brand. Cover: Betty und MartiButcherCatcher/shutterstock.com, JorKel/shutterstock.com, Birger Brand, c/o AutorenServices.de, Birkenallee 24, 36037 Fulda, info@ birgerbrand.de
ISBN 9798328694841

Für meine Eltern

Du weißt es, alle, die da sterben
Und die für immer scheiden gehn,
Die müssen, wär's auch zum Verderben,
Die Wahrheit ohne Hehl gestehn.

Theodor Storm

Prolog

„Am Landgericht Stralsund ist heute die Dienstwaffe eines Justizbeamten abhanden gekommen. Der betreffende Justizwachtmeister gab an, dass er die Pistole der Marke Heckler & Koch zuletzt in seinem Schließfach im Keller des Gebäudes aufbewahrt hatte. Auch bei der nachfolgenden großangelegten Suchaktion blieb die Waffe verschwunden. Das ist bereits die zweite Schusswaffe, die im laufenden Jahr bei den Sicherheitsbehörden des Landes Mecklenburg-Vorpommern verloren gegangen ist. Eine Polizeisprecherin gab gegenüber der Ostsee-Zeitung an, dass strafrechtliche Ermittlungen eingeleitet worden seien."

1

Dirk Walter stieg aus seinem gelben Mercedes und atmete tief durch. Ein leichter Wind wehte von der Küste her und es kam ihm so vor, als könnte er das Rollen der Wellen vernehmen. Der Morgen war noch etwas frisch, aber der blaue Himmel versprach einen schönen Sommertag. Sein Blick glitt über das Anwesen des Chefs. Zwischen Steineichen und Sanddorn lag die zweistöckige Villa mit den Halbsäulen und Schmuckgiebeln vor einem großzügig geschnittenen Rasengrundstück. Den Henks war es schon immer besser gegangen als den meisten hier in der Gegend, dachte Dirk, während er das kaputte Gartentor passierte. Der minderbemittelte Sohn seines Chefs hätte es schon vor Tagen reparieren sollen. Aber auf den war ja noch nie Verlass gewesen. Na ja, fast nie...

Der Kies des Torwegs knirschte unter seinen Schuhsohlen und normalerweise kam Alfa bei dem Geräusch sofort angesprengt. Doch der in die Jahre gekommene Rüde ruhte sich von der Operation aus, die er letzte Woche gehabt hatte. Erst gestern hatte sein Chef ihm erklärt, welche Organe des Hundes vom Krebs befallen seien und wie weit sie schon gestreut hätten. Dirk hatte dem Dobermann die Hand auf den Rücken gelegt und gesagt: „Alles wird gut.“ Dann hatte Henk ihm in die Augen geblickt und erwidert: „Wenn das meine einzige Sorge wäre, dann könnte ich zufrieden sein.“

Es war nicht das erste Mal gewesen, dass er ihm gegenüber solche Andeutungen gemacht hatte. Wahrscheinlich dachte Henk, dass Dirk nach all den Jahren noch immer nichts von dessen Geheimnissen wusste. Doch Dirk war längst im Bilde. Und ein bisschen kränkte es ihn auch, dass sein Chef sich ihm immer noch nicht anvertraut hatte. Denn schließlich arbeiteten sie jetzt schon an die zwanzig Jahre zusammen…

Dirk hielt inne und stieß einen lauten Pfiff hervor. Er gab Alfa mal besser Bescheid. Der Hund konnte leicht aggressiv werden, wenn man ihn erschreckte. Doch der Dobermann blieb verschwunden. Kopfschüttelnd ließ Dirk die Augen über das weitläufige Grundstück wandern, bis sie an einem blauen Farbklecks zwischen den immergrünen Sträuchern an der Grundstückgrenze hängenblieben. Vielleicht ein Wäschestück, das der Wind von der Leine gerissen hatte. Was sollte es sonst sein? Als er sich der Hecke bis auf wenige Meter genähert hatte, kam ihm das Wäschestück plötzlich merkwürdig voluminös vor. Lag dort etwa jemand? Dirks Herzschlag beschleunigte sich, Schweiß trat ihm auf die Stirn. Er erblickte die Hand eines Mannes. Dann den Haarschopf. Es war Henk…

Seine Hand fuhr in die Hecke und drückte sie zur Seite. Der Körper seines Chefs kam zum Vorschein. Im Nacken machte Dirk ein Loch aus. War das eine Schusswunde? Er griff nach der Schulter und rüttelte, doch da regte sich nichts.

Dirk atmete tief durch, richtete sich auf und ging langsam zum Haus. Auf der Schwelle der Eingangstür erblickte er Lotte, die Frau seines Chefs. Sie lag mit dem Gesicht nach oben in einer riesigen Blutlache. Dann zog er sein Handy aus der Tasche und wählte den Notruf.

2

Als Lydia Westphal, Leiterin des neu gegründeten LKA-Sonderdezernates D1, in ihren Wagen stieg, herrschte strahlender Sonnenschein über Sassnitz. Wie bestellt, dachte sie und lächelte in den Rückspiegel. Ihre dünnen, dunkelblonden Haare hingen etwas fransig in die Stirn und die braunen Augen mussten heute mal ohne Eyeliner auskommen. Aber für einen Ausflug an den Strand brauchte sie den nicht. Denn dort würde sie ihren freien Tag verbringen. Mit Fischbrötchen und Radler. Und vielleicht kam ja sogar ihre Tochter Marija dazu. Lydia freute sich, dass sie beide endlich mal wieder Zeit füreinander hätten. Dann klingelte das Telefon. Es war ihr Kollege Konrad Jung.

„Moin, Chefin!“

„Ähm... Was gibt es?“ Konrads Tonlage gefiel ihr nicht. Sie hatte etwas Überfallartiges.

„Tut mir leid, dass das an deinem freien Tag passiert. Aber das Sonderdezernat hat seinen ersten Fall.“

„Worum geht es?“ Sie startete den Wagen.

„Heute Morgen hat der sechsundfünfzigjährige Dirk Walter seinen Chef Klaas Henk und dessen Frau Lotte erschossen zuhause aufgefunden.“

Ein eingehender Anruf unterbrach Konrads Ausführungen. Es war Marija. „Einen Augenblick, Konrad. Meine Tochter ruft gerade an." Lydia schickte ihren Kollegen in die Warteschleife und nahm das Telefonat mit ihrer Tochter entgegen. „Hallo?"

„Bist du schon am Meer?", fragte Marija.

„Nein... Auf dem Weg zu einem Tatort." Lydia befand sich bereits auf der Landstraße Richtung Prora, Binz und Mönchgut.

„Das verstehe ich nicht. Du hast doch heute deinen freien Tag."

„Jetzt leider nicht mehr. Wir müssen den Strandtag verschieben."

„Echt? Und dabei hätte ich dich so gern getroffen."

„Sorry!" Links zeichneten sich die langen Kanten von Prora ab. Der Kraft-durch-Freude-Bau hatte sich in den letzten Jahren in eine begehrte Wohngegend verwandelt. Menschen aus ganz Deutschland hatten in dem angeblich längsten Wohngebäude der Welt ein neues Zuhause gefunden. Dicht an dicht, aber mit Blick aufs Meer. Genau so, wie es sich die Prora-Architekten mal vorgestellt hatten.

„In der WG ist dicke Luft. Ich halte es nicht mehr aus. Das sind einfach zu viele Menschen auf einem Haufen."

„Geht es wieder mal um den Putzplan?"

„Das auch. Aber manchmal wird es mir auch einfach zu eng. Darf ich nicht für ein paar Tage zu dir kommen?“

„Ja, klar... Aber du kannst ja auch nicht immer vor den Problemen weglaufen, Marija.“

„Dann gehe ich eben zu Steven.“

„Wer war das noch gleich?“

„Den habe ich letzte Woche beim Segelkurs kennengelernt.“

„Ja... Ach so...“

„Ich merke schon... Du hast nicht so richtig Lust darauf, dass ich komme, was?“

„Das stimmt nicht...“ Lydia holte tief Luft. Mittlerweile hatte sie Binz passiert. Bis nach Mönchgut war es nicht mehr weit. „Ich habe nur gerade andere Dinge im Kopf.“

„Na gut, dann will ich nicht weiter stören.“

„Das tust du doch gar nicht...“

„Tschüss!“

„Warte!“, sagte Lydia, aber Marija hatte aufgelegt. Mit einem Seufzer tippte sie Konrads Kontakt an. „Hallo, Konrad? Ich bin zurück.“

„Alles geklärt?“

„Nicht wirklich. Manchmal kommt Marija mir wie ein kleines Kind vor. Aber lass uns jetzt besser nicht darüber sprechen.“ Lydia erblickte das Ortseingangsschild von Mönchgut am Straßenrand. „Ich bin fast da. Und du?“

„Ich fahre gerade am Haus der Henks vor. Sieht ziemlich beeindruckend aus."

„Womit haben die denn ihr Geld verdient?"

„Ferienwohnungen im großen Stil."

„Kinder?"

„Zwei, bereits erwachsen, Torben und Elka."

„Hat man die schon informiert?"

„Elka ja, den Sohn konnte bislang noch keiner erreichen."

Lydia bog in die schmale Straße ein, an deren Ende sich die Einsatzfahrzeuge stauten. Mittendrin stand Konrad vor seinem Dienstwagen. Er trug Jeans, T-Shirt und weiße Turnschuhe. In dem vollen blonden Haar steckte eine Sonnenbrille.

„Dreh dich mal um." Lydia gab Lichthupe und legte auf. Nachdem sie ihren Volvo in die Lücke zwischen zwei Streifenwagen gezwängt hatte, stieg sie aus und schüttelte ihm die Hand.

„Moin!" Der gut zwei Meter große Kollege strahlte sie aus seinen blauen Augen an. „Der erste Fall fürs Sonderdezernat. Lass uns loslegen!"

„Sorry, dass ich deinen Enthusiasmus bremsen muss, aber du weißt, dass die Rositzky dich nur vorübergehend abgestellt hat, oder?" Lydia dachte an die letzten Wochen zurück, in denen die Landespolizeiführung die Neugründung des Sonderdezernats D1 hatte infrage stellen wollen. Das bedeutete, dass jeder einzelne Mitarbeiter unter Beobachtung stand, besonders

Konrad, der nur temporär dabei war. Er würde sich erst noch beweisen müssen…

„Ja, ja, die Rositzky und ihre Bedenken… Aber am Ende wird sie uns wieder gratulieren."

„Abwarten." Lydia ließ den Blick zu einem nicht weit entfernt liegenden Waldstück schweifen.

„Moin, Frau Westphal!" In Lydias Rücken ertönte die Stimme einer Frau. Sie drehte sich um. Vor ihr stand eine uniformierte Kollegin mit schulterlangem Haar. „Hallo, Frau Reeter! Wo ist denn der Mann, der die Leichen gefunden hat?"

„Sie meinen Herrn Walter." Reeter zeigte auf einen Streifenwagen. „Der sitzt bei einem Kollegen im Wagen. Wir warten noch auf den Psychologen."

„Wenn er sich gesammelt hat, möchte ich ihn sprechen", erwiderte Lydia. Dann betraten sie, Konrad und Reeter das Grundstück. „Und wo sind die Leichen?"

„Die Leiche von Herrn Henk liegt in der Hecke und die seiner Frau im Hauseingang. Es müsste eigentlich noch einen Hund geben, aber den konnten wir nicht finden", sagte die uniformierte Kollegin.

„Sieht so aus, als sei da jemand mit einer gezielten Tötungsabsicht gekommen", bemerkte Konrad.

„Ich frage mich, wer so etwas macht…" Reeter blickte zu Boden und schüttelte den Kopf. „Vor ein paar Tagen habe ich Frau Henk noch beim Einkaufen gesehen."

„Kannten Sie die Henks, Frau Reeter?"

„Ja, schon." Reeter zuckte mit den Schultern. „So wie jeder andere in der Gegend auch."

„Was wissen Sie über die Kinder?" Lydia zog die Augenbrauen hoch

„Gut, dass Sie fragen." Reeter griff sich ans Kinn. „Der Sohn Torben hatte als Jugendlicher den Ruf, nicht der Hellste zu sein. Nach dem Schulabbruch hat er angefangen, die Ferienwohnungen seines Vaters zu putzen. Mittlerweile ist er Hausmeister. Er müsste so Mitte dreißig sein."

„Und die Tochter?"

„Elka Henk ist Anfang dreißig. Sie lebt und arbeitet als Versicherungsangestellte in Rostock."

„Danke, Frau Reeter." Lydia nickte, richtete den Blick in die Ferne und zeigte auf ein Haus in gut zweihundert Metern Entfernung. „Was ist mit den Nachbarn? Die müssten die Schüsse doch gehört haben. Haben wir die schon befragt?"

„Nein." Reeter schüttelte den Kopf. „Bei den Frosts waren wir noch nicht."

„Dann übernehme ich das mal." Lydia zeigte auf das Brachfeld mit dem Wäldchen, das zwischen den beiden Grundstücken lag. „Kommt man auch zu Fuß zu den Nachbarn?"

„Ja, Sie folgen einfach dem Weg und durchqueren den kleinen Wald." Reeters Finger beschrieb einen Bogen, der vom Henkschen Grundstück bis zum Haus der Nachbarn reichte. „Mit dem Auto sind Sie aber genauso schnell da…“

„Ich laufe gern.“ Lydia zwinkerte den Kollegen zu und verließ das Grundstück der Henks durch eine schmale Pforte am Ende des Gartens. Dann betrat sie einen grasüberwucherten Trampelpfad. Von der Küste her wehte eine leichte Brise. Die Luft war frisch und feucht. Auf halber Strecke wurde sie eines schwarzen Fleckes im Gras gewahr. Sie hielt inne und sah genauer hin. Dort lag der Kadaver eines Hundes. Der Mörder hatte also auch das Tier erschossen. Lydia schüttelte den Kopf und setzte ihren Weg fort.

Als sie an dem Waldstück anlangte, erblickte sie plötzlich eine dunkel gekleidete Gestalt zwischen den Bäumen. Dem Gang nach handelte es sich um einen Mann. Sie wollte sich gerade ins hohe Gras ducken, als er sich zu ihr drehte und für einen Moment innehielt. Dann begann er zu laufen.

„Stehenbleiben! Polizei!“ Lydia nahm die Verfolgung auf. Schon nach wenigen Metern riss sie sich ihre Strandhose aus Leinen an einem Sanddornstrauch auf. Sie hätte doch die Jeans anziehen sollen. Sie rief erneut: „Halt! Polizei!“

Doch der Unbekannte lief weiter und verschwand kurz darauf zwischen den Bäumen. Lydia folgte ihm in den Wald und zückte ihre Dienstwaffe. Ein Rascheln drang zu ihr. Sie schnellte herum. Doch da war nichts. Ihr Atem ging schwer. Die Mündung ihrer SIG Sauer zeigte auf den Boden. Ihr Daumen wanderte zu dem kleinen Hebel an der linken Seite der Pistole und schob ihn nach hinten. Jetzt war die Waffe entsichert. Irgendwo knackte es schon wieder im Unterholz. Sie schnellte herum, riss die Waffe nach oben und lauschte in den Wald hinein. Wo steckte der Kerl nur? Lydia holte ihr Smartphone heraus, um Konrad Bescheid zu geben... Plötzlich ertönte über ihr ein Geräusch. Alles, was danach geschah, nahm sie nur noch bruchstückhaft wahr. Jemand trat ihr ins Kreuz, ein Schlag traf sie an der Schläfe. Dann wurde um sie herum alles schwarz.

*

Als sie die Augen öffnete, lag sie auf dem Bauch. Ihre Hände waren auf dem Rücken fixiert. Ein abgewetzter Turnschuh erschien in ihrem Gesichtsfeld. Lydia versuchte, sich die Details einzuprägen, blaue Streifen, Bruchstellen an der Außenseite, gerissene und wieder zusammengeknüpfte weiße Schnürsenkel, ein brauner Fleck seitlich an der Sohle, circa Schuhgröße 44. Dann verschwand der Schuh wieder. „Was soll das?“, fragte sie. Eine Antwort bekam sie nicht. Sie merkte, dass man ihr die Füße zusammenband, wahrscheinlich mit den Schnürsenkeln ihrer eigenen Schuhe. „Du wirst nicht weit kommen. Hier ist alles voller Polizei“, warnte sie ihn. Dann blieb ihr nichts anderes mehr übrig, als den Schritten zu lauschen, die sich entfernten.

3

Konrad stand im Eingangsbereich des Henkschen Hauses und hielt die Arme vor der Brust verschränkt. Seine Augen fixierten den Laptop, der auf einer Kommode stand. Ein ziemlich neues Modell, ging es ihm durch den Kopf. Den hätte jeder Einbrecher doch ohne zu zögern mitnehmen müssen. Ein Raubmord kam damit höchstwahrscheinlich nicht mehr in Frage. Das würde Lydia sicher interessant finden. Konrad holte sein Smartphone hervor und wählte ihren Kontakt an... Doch der Anruf ging nicht durch. Er versuchte es noch einmal. Wieder nichts. Hatte sie etwa das Telefon ausgeschaltet? Konrad schüttelte den Kopf. Das ergab keinen Sinn. Eifrig tippte er eine Nachricht und schickte sie an Lydia. Vielleicht las sie die ja...

„Merkwürdig." Konrad blickte zu Reeter. „Frau Westphals Handy ist aus."

„Akku alle?", fragte die Kollegin zurück.

„Es ist noch nicht mal zehn Uhr morgens." Konrad runzelte die Stirn. „Und Lydia geht immer mit vollem Akku aus dem Haus."

„Und nun?"

„Ich muss nach ihr schauen. Es hilft ja nichts..."

„Sie und Frau Westphal sind die federführenden Ermittler." Reeter legte die Stirn in Falten. „Sie können doch nicht einfach vom Tatort verschwinden."

„Ich bin ja gleich wieder da." Konrad warf der Kollegin ein flüchtiges Lächeln zu und zwängte sich an ihr vorbei nach draußen. Dort erwartete ihn ein bekanntes Gesicht. Es war das von Sandro Behner, dem zuständigen Rechtsmediziner. Der hochaufgeschossene Mann mit dem vollen, dunklen Haar sah Konrad prüfend an. „Na?"

„Moin, Doktor Behner!" Konrad schüttelte dem Mediziner die Hand. „Fangen Sie schon mal ohne mich an."

„Wie soll ich das denn verstehen? Sie sind nicht dabei, wenn ich einen ersten Blick auf die Leichen werfe?"

„Ähm... Ich muss nach Lydia sehen."

„Wie bitte?"

„Vor einer knappen Viertelstunde wollte sie zu den Nachbarn und jetzt geht sie plötzlich nicht mehr ans Telefon."

„Und deswegen überlassen Sie den Tatort seinem Schicksal, oder was?"

„In zehn Minuten bin ich wieder zurück." Während Konrad sprach, spürte er, wie sein Unbehagen zunahm. „Auf jeden Fall muss ich wissen, was dort drüben vor sich geht."

„Na, dann rufen Sie doch das Spezialeinsatzkommando." Behner lachte spöttisch.

„Ihre dummen Sprüche können Sie sich sparen."

„Etwas anderes bleibt einem bei Ihnen ja gar nicht mehr übrig." Behners Blick bohrte sich in Konrads Augen. „Ich habe ja schon so manch inkompetenten Kollegen erlebt, aber..."

„Machen Sie nicht so einen Wind. Ich bin ja gleich wieder da."

Dann ließ Konrad den Rechtsmediziner stehen. Er passierte die Pforte, durch die auch Lydia das Grundstück verlassen hatte, und ging nach wenigen Metern in den Laufschritt über. Er durchkreuzte das kleine Waldstück und kam an die schmale Straße, die von der Allee zu dem benachbarten Haus führte. Es waren noch knappe fünfzig Meter bis zum Ziel, als er hinter sich den Motor eines herannahenden Autos vernahm. Konrad drehte sich um. War das nicht der Kastenwagen der Spurensicherung? Was wollten die denn hier? Hinter der Windschutzscheibe erkannte er das Gesicht der Chefin der Stralsunder Kriminaltechnik, Tila Fries. Der Wagen bremste ab. Die Seitenscheibe ging runter. Tila strahlte ihn an. „Moin, Konrad!"

„Hi! Wo wollt ihr denn hin?", erkundigte er sich.

„Na, zu dem Doppelmord." Auf Tilas Stirn zeichneten sich Falten ab. „Sind wir hier etwa falsch?"

„Ja." Konrad zeigte in die Richtung, aus der sie gekommen waren. „Ihr seid zu früh abgebogen. Ihr müsst wieder zurück und kurz vor der Landstraße links rein."

„Ist es nicht das da?“ Tila zeigte auf das Haus der Frosts.

„Nein.“

„Was machst du hier eigentlich so ganz allein auf weiter Flur?“

„Ich wollte nach Lydia schauen... Sie ist zu den Nachbarn rüber.“

„Mmh... Und warum musst du dann nach ihr schauen?“

„Sie geht nicht ans Telefon.“

„Vielleicht gestaltet sich die Vernehmung ja schwieriger als gedacht.“

„Und deswegen stellt sie ihr Handy aus? Das glaube ich kaum.“

„Aber warum sollte sie nicht rangehen, wenn du sie anrufst?“

„Weil etwas nicht stimmt.“

„Und nur weil du glaubst, etwas stimmt mit ihr nicht, verlässt du den Tatort?“

„Bleibt mir was anderes übrig?“

„Du hättest eine Streife schicken können.“

„Ich wollte aber genau die Route ablaufen, die Lydia genommen hat.“

„Mensch! Mit dir ist es ja wirklich nicht ganz einfach, Konrad.“ Ein Lächeln huschte über Tilas Gesicht. „Na ja, ich will dich nicht weiter aufhalten. Wir sehen uns hoffentlich gleich am Tatort.“

„Tu mir einen Gefallen und versuche, den Behner zu beruhigen. Der ist fast durchgedreht, als ich ihm gesagt habe, dass ich Lydia suchen gehe."

„Beeil dich besser und klär das selber mit ihm, wenn du zurück bist." Tila gab der Fahrerin ein Zeichen. „Bis gleich."

„Gib mir zehn Minuten." Konrad hob die Hand. Kaum war der Kastenwagen gewendet, um zurück zur Landstraße zu fahren, klingelte sein Telefon. Auf dem Display erschien der Name der Stralsunder Polizeichefin, Frau Doktor Rositzky. Konrad nahm ab. „Guten Morgen!"

„Hallo, Herr Jung. Ich wollte mich mal erkundigen, wie die Ermittlungen des Sonderdezernats so anlaufen."

„Ähm... Ganz gut."

„Doktor Behner hat mich gerade angerufen." Rositzky hielt kurz inne, bevor sie fortfuhr. *„Er meinte, die Personaldecke am Tatort sei etwas dünn. Deswegen wollte ich Sie fragen, ob ich nicht noch jemanden schicken soll."*

„Wir kommen schon zurecht, Frau Rositzky."

„Ich habe da etwas anderes vernommen." Rositzky seufzte. *„Stimmt es, dass Sie und Frau Westphal gar nicht vor Ort sind?"*

„Wir sind für eine Befragung bei den Nachbarn und gleich wieder zurück." Konrads Blick wanderte zum Haus der Frosts.

„Ich will mich nicht in Ihre Ermittlungsarbeit einmischen, aber sagen Sie ihrer Chefin, dass sie meine Telefonate in Zukunft bitte annehmen möge."

„Alles klar." Konrad musste an seine Probezeit denken. Und das tat die Rositzky sicher auch gerade...

„Das will ich hoffen."

Er verabschiedete sich und steckte sein Handy weg. Plötzlich vernahm er das Kreischen einer Möwe in seinem Rücken. Konrad drehte sich um und erblickte den Vogel auch gleich. Er schwebte über dem Waldstück, das zwischen den Häusern der Henks und der Frosts lag. Dann gingen seine Augen von der Möwe hinunter zum Boden. Bewegte sich dort etwas? Da lief doch jemand gebückt auf den Wald zu... Es war ein Mann und er trug einen Beutel oder Sack auf dem Rücken... Konrad überlegte nicht lange und begann, ihm zu folgen. Plötzlich hielt der andere an und machte sich daran, Zweige und Äste zusammenzusuchen und den Sack mit ihnen abzudecken. Konrad nutzte den Moment und schlich sich weiter an, die Augen fest auf den Mann gerichtet... Er war ungefähr einen Meter fünfundsiebzig groß, hatte schütteres, dunkles Haar und trug abgewetzte Turnschuhe, eine dunkle Hose und eine schwarze Jacke...

Urplötzlich flatterte nicht weit von Konrad ein Fasan noch. Der Mann schnellte herum und blickte in Konrads Richtung. Konrad duckte sich. Hatte er ihn gesehen?

Ein Schuss ertönte. Dann noch einer. Konrad warf sich flach auf den Boden. Durch das kniehohe Gras hindurch erblickte er den Flüchtigen zwischen den Bäumen. Noch hatte er freie Schussbahn, dachte Konrad, zielte, drückte ab und duckte sich wieder ins Gras. Der andere feuerte sofort zurück. Mehrere Projektile schlugen in Konrads unmittelbarer Umgebung ein. Ein Schuss erwischte ihn. Der Schmerz hämmerte durch seinen Körper...

4

Rechtsmediziner Sandro Behner stand stirnrunzelnd vor Tila Fries von der Kriminaltechnik. Seine Augen wanderten abschätzig über die Piercings an Tilas Ohren und Nase. „Ich finde es unverantwortlich, dass Frau Westphal und ihr Kollege nicht anwesend sind…“ Dann blickte er zu dem Einsatzwagen der Schutzpolizei Bergen, der mit eingeschaltetem Martinshorn vorfuhr. „Wozu die Sirene?“, rief er dem Fahrer zu.

„Der Praktikant wollte mal mit Martinshorn fahren…“ Der Beamte, der am Steuer gesessen hatte, zeigte mit dem Daumen auf einen schmalen Jungen mit blassem Gesicht.

„Immer diese Praktikanten überall. Früher gab es das nicht.“ Behner schüttelte den Kopf und blickte wieder zurück zu Tila. „Können wir mit der Arbeit anfangen?“

„Die Frau stand ihrem Mörder in einer Entfernung von nicht einmal zwei Metern gegenüber, von Angesicht zu Angesicht. Dem Mann hat der Täter aus ungefähr zehn Metern in den Rücken und in den Nacken geschossen. Insgesamt gab es vier Treffer. Auf der Terrasse und dem Rasen vor dem Haus haben wir allerdings sieben Patronenhülsen gefunden", führte Tila aus.

„Das bedeutet, dass mindestens drei Geschosse woanders gelandet sind", schlussfolgerte Behner mit mathematischem Scharfsinn.

„Ein besonders treffsicherer Schütze kann es nicht gewesen sein." Tilas Augen fixierten die Leiche der Frau. „Vermutlich hat der Täter geklingelt und gewartet, bis Frau Henk in der Tür erschienen ist, und hat dann abgedrückt. Anschließend kam der von den Schüssen alarmierte Herr Henk aus dem Haus und versuchte durch den Garten zu fliehen, bis ihn der Schütze mit den Rückentreffern gestoppt hat."

„Merkwürdig, dass keiner hier in der Umgebung das Geballer gehört hat", stellte Tila fest. „Aber genau das wird der Grund gewesen sein, warum Lydia zu den Nachbarn gegangen ist..."

„Fangen Sie nicht schon wieder mit der an..." Behner winkte ab. Seine Augen wanderten zum Tor, wo in diesem Augenblick ein Mann auf einem Fahrrad erschien. Der Mittsechziger mit dem kurzgeschorenen Haar winkte ihnen zu und fing auch gleich an, drauflos zu plappern. „Moin! Ich kannte das Ehepaar Henk schon länger... Vielleicht kann ich Ihnen ja wichtige Informationen liefern."

„Wie ist denn Ihr Name?" Tila Fries näherte sich dem Besucher.

„Leffer." Der Mann rückte sich den Kragen seiner Windjacke zurecht. „Ich kann Ihnen sagen, dass der Streit zwischen den Familien Henk und Frost allen hier im Ort bekannt ist... Eine regelrechte Fehde war das."

„Heben Sie sich das für die Ermittler der Kriminalpolizei auf, Herr Leffer." Tila fummelte Stift und Schreibblock aus ihrer Hosentasche und reichte sie dem Mann. „Und lassen Sie uns bitte Namen und Telefonnummer da."

„Ja, ich dachte, Sie wären die Verantwortlichen hier." Herr Leffer notierte seine Kontaktdaten und gab ihr den Block zurück.

„Die zuständigen Kollegen haben leider was Besseres zu tun", rief Behner spöttisch herüber. „Kommen Sie später noch einmal wieder."

„Ähm..." Herr Leffer sah irritiert zu Tila. „Stimmt das?"

„Seien Sie in einer Stunde zurück! Falls Sie es nicht schaffen, meldet sich jemand bei Ihnen", erwiderte Tila.

„Ich kann warten." Herr Leffer lächelte und verschränkte die Arme...

5

Konrad lag mit hämmerndem Puls hinter einem umgestürzten Baum und begutachtete seinen Arm. Das Geschoss hatte ihn zum Glück nur gestreift. Aber wo war der Schütze? Vorsichtig kam er mit dem Kopf hinter seiner Deckung hervor. Sein Blick bohrte sich zwischen die Baumstämme. Dort bewegte sich etwas. Konrad lief los. Nach ein paar Metern verschanzte er sich hinter einem Strauch und hielt erneut Ausschau.

„Kommen Sie raus! Hier ist überall Polizei. Sie haben sowieso keine Chance…“ Konrads Hand wanderte in die Hosentasche und holte sein Handy hervor. Er wollte sich nicht ausmalen, wie die Kollegen reagieren würden, wenn er ihnen schilderte, was gerade keine zweihundert Meter vom Tatort entfernt geschehen war. Plötzlich drang eine kaum wahrnehmbare Stimme durch den Wald zu ihm. *„Hallo!“*

Konrads Herzschlag beschleunigte sich. Er antwortete: „Hallo? Wer ist da?“

„Hallo?“ Die Stimme gehörte einer Frau…

„Hier spricht die Polizei!“ Konrad kam aus seinem Versteck und setzte behutsam einen Fuß vor den anderen.

„Bist du es, Konrad?“

„Lydia? Was ist passiert? Wie geht es dir?“

„Ganz gut soweit.“

„Wo steckst du?“

„Man hat mich an einen Baum gefesselt. Direkt vor mir steht eine riesige Buche. Siehst du die?“

„Noch nicht.“ Konrad drehte sich um und ging in die Richtung, aus der Lydias Stimme gekommen war. „Wie bist du hierher gekommen?“

„Jemand hat mir aufgelauert, als ich unterwegs zu den Frosts war.“ Lydia klang immer deutlicher. *„Dann hat er mir eine übergezogen und mich hierhergeschafft.“*

„Warte! Ich bin gleich bei dir.“ Konrad scannte unaufhörlich Büsche und Bäume ab. Bis ihm ein weinroter Farbtupfer ins Auge sprang. Das musste Lydias T-Shirt sein. Daneben ragte eine riesige Buche in die Höhe. „Ich glaube, ich sehe dich…“

Er lief weiter, bis er schließlich vor ihr stand. Sie lag auf dem Boden, Hände und Füße gefesselt. Am Jochbein prangte eine violette Schwellung. „Lydia!“

„So viel zu meinem Tag am Strand…“ Lydia lächelte. „Schön, dass du da bist.“

„Bist du verletzt?“ Konrad begann, ihr die Fesseln zu lösen.

„Nicht der Rede wert.“ Lydia zeigte auf seinen Unterarm. „Und was ist dir passiert?“

„Ein Streifschuss. Ich hatte Glück.“

„Ich hatte mich also doch nicht verhört... Hast du den Kollegen Bescheid gegeben?“

„Noch nicht...“ Konrad zog sein Handy aus der Tasche und wählte einen Kontakt an. Den Blick auf Lydia gerichtet sprach er ins Telefon. „Moin, Frau Reeter... Konrad Jung am Apparat. Ich befinde mich in dem kleinen Waldstück direkt hinter dem Tatort und bräuchte dringend eine Verstärkung... Eine unbekannte Person hat auf mich geschossen... Ja, sie ist noch flüchtig... Übrigens ist Lydia Westphal auch bei mir. Sie war gefesselt... Nein, Sie haben sich nicht verhört, Frau Reeter... Ja, es geht ihr gut. Danke. Bis später...“ Er legte auf und half Lydia auf die Beine.

„Und jetzt erst mal raus hier.“ Lydia zeigte in Richtung Waldrand.

Schweigend und mit offenen Augen und Ohren verließ das Gespann den Wald. Erst als sie sich auf freier Fläche befanden, wandte sich Lydia erneut an Konrad: „Kannst du sagen, von wo er auf dich geschossen hat? Vielleicht finden wir ja ein paar Patronenhülsen.“

„Ich denke, wir finden noch etwas viel Besseres...“

„Was meinst du?“, erkundigte sich Lydia.

„Siehst du den Sanddorn dort?“

„Ja...“

Die beiden gingen bis zu dem mannshohen Sanddornstrauch, neben dem sie einen notdürftig unter Zweigen versteckten Plastiksack fanden. Als sie ihn aufrissen, staunten sie nicht schlecht. Es gab einen

Laptop, ein Tablet, ein Paar Lautsprecher und eine Armbanduhr.

„Ob das wohl aus dem Haus der Henks stammt?“, fragte Lydia.

„Also, bei denen stand ein ähnliches Gerät noch im Flur…“ Konrad zeigte auf den Laptop.

„Vielleicht musste der Täter den stehenlassen, weil ihn die Hausbewohner plötzlich überrascht haben.“

In einiger Entfernung ertönte ein Martinshorn. Lydia und Konrad kamen aus der Hocke hoch und hielten Ausschau. Zwei Streifenwagen näherten sich auf der schmalen Straße, die zum Grundstück der Frosts führte. Sie bogen auf die Wiese ein und kamen bis auf wenige Meter an Lydia und Konrad herangefahren. Mehrere Uniformträger stiegen aus. Man begrüßte sich. Lydia ergriff das Wort. „Liebe Kollegen! Wir suchen einen Mann, der bewaffnet ist und sich möglicherweise noch in diesem Wäldchen aufhält.“ Ihre Augen wanderten über die Gesichter der Anwesenden. „Wer von Ihnen kennt sich hier aus?“

„Auskennen wäre zu viel gesagt.“ Eine junge Polizeiwachtmeisterin hob die Hand. „Ich weiß, dass es einen Weg gibt, der mitten durch den Wald führt. Aber zu Fuß kann man auch nach allen Seiten über die Felder und Wiesen weg…“

„Wir müssen den Waldweg sichern und die Fundstelle mit dem Diebesgut absperren, bis die Kriminaltechnik da ist.“ Lydia zeigte auf den Plastiksack. Dann drehte sie sich zu Konrad. „Du lässt dich verarzten und die Kollegen leiten die Fahndung nach dem Flüchtigen ein. In der Zwischenzeit werde ich mich um die Nachbarn kümmern.“

„Sollte ich dich nicht besser dabei begleiten?“, fragte Konrad.

„Tut mir leid.“ Lydia zeigte auf Konrads Unterarm. „Aber da muss ein Verband rum.“

„Ach, das ist doch nur eine Schramme.“ Konrad winkte ab.

„Nach der letzten Schramme hast du mit einem Wundstarrkrampf auf der Intensivstation gelegen.“ Lydia schüttelte den Kopf. „Nee, nee…“

„Das kann mir jetzt nicht mehr passieren. Meine Tetanusimpfung ist noch ganz frisch“, widersprach Konrad. „Außerdem solltest du nicht allein gehen…“

„Keine Widerrede, Konrad.“ Lydia zog die Augenbrauen zusammen.

„Ich könnte Sie begleiten“, mischte sich eine uniformierte Kollegin ein. „Ich kenne die Familie Frost auch ganz gut.“

„Das trifft sich.“ Lydia sah auf das Namensschild der Kollegin. „Dann mal los, Frau Quant.“

*

Auf dem Feldweg, über den die Streifenwagen gekommen waren, gelangten die beiden Beamtinnen an die schmale Straße, die in einem Bogen auf das große Reetdachhaus der Familie Frost zulief.

„Sie sagten, Sie würden die Frosts kennen?“ Lydia blickte ihre Begleiterin fragend an und drückte den Klingelknopf am Gartentor.

„Egon Frost ist Gynäkologe und führt trotz seines hohen Alters noch eine Praxis in Stralsund. In der Umgebung ist er als komischer Kauz bekannt. Seine Frau Evelin war ihr Leben lang nur Hausfrau, glaube ich. Die neunzehnjährige Tochter Alex studiert in Greifswald. Der Sohn Mark ist Mitte dreißig und lebt immer noch bei seinen Eltern... Ich hatte bereits die Ehre, ihn mit aufs Revier zu nehmen.“ Frau Quant blinzelte in die Sonne. „Wegen sexueller Nötigung...“

„Na, auf den Kandidaten bin ich ja jetzt schon gespannt...“ Lydia reckte den Hals. Und da niemand auf das Klingeln reagierte, drückte sie das Tor auf und betrat den Weg aus Schieferplatten, der um das Haus herum führte. Frau Quant folgte ihr. Als sie hinter dem Haus anlangten, fiel Lydias Blick zuerst auf die weitläufige Terrasse aus Sandstein mit Pergola, großzügigem Sitzbereich und Grillstelle. Die Verandatür stand offen...

„Hallo? Jemand zuhause?“ Lydia betrat die Terrasse. Eine Antwort blieb aus. Langsam gingen die beiden Kolleginnen um den Grillbereich herum. Dabei wäre Lydia fast über das Ladegerät eines Laptops gestolpert. Sie hob es auf. „Was manche Leute so alles auf ihrer Terrasse liegen haben…“

„Seltsam.“ Frau Quant zeigte auf eine rechteckige Schachtel, die auf der Wiese vor der Terrasse lag. „Warum liegt da eine Schmuckschatulle?“

„Gute Frage.“ Lydias Augen begannen, die Veranda abzuscannen, bis sie auf einen Schuh stießen, der hinter der wuchtigen Rattansitzecke hervorschaute Langsam näherte sie sich dem Gartenmöbel. Als sie davor stand, erblickte sie die leblosen Körper eines Mannes und einer Frau. Der auf dem Rücken liegende Mann wirkte steinalt. Die grauen Haare waren nach hinten gekämmt. Auf der hohen Stirn prangten die Altersflecken. Die aufgerissenen, glasigen Augen starrten ins Nichts. Die Frau mit den weinrot gefärbten Locken, deren Gesicht nach unten zeigte, war im Morgenmantel. Beide Toten wiesen mehrere Einschusslöcher an Torso, Hals und Armen auf. Lydia drehte sich zu der uniformierten Kollegin um. „Sind das Herr und Frau Frost?“

„Die sind ja…“ Augenblicklich wich jede Farbe aus dem Gesicht der jungen Frau.

„Tot. Daran dürfte kein Zweifel bestehen“, sagte Lydia.

6

Sandro Behner und Tila Fries trafen gemeinsam am Haus der Frosts ein. Lydia nahm sie an der Gartenpforte in Empfang. „Moin!"

„Du siehst schlimm aus." Tila musterte Lydias geschwollenes Gesicht. „Wissen wir schon, wer dir das angetan hat?"

„Er ist leider unerkannt entkommen…", entgegnete Lydia.

„Lasst uns mal anfangen." Behner wickelte einen Bonbon aus und steckte ihn sich mit einem Schmatzen in den Mund. „Wo liegen die Leichen?"

„Kommt mit." Lydia führte die beiden hinters Haus, wo Frau Quant mit blassem Gesicht auf einer Bank saß. Behner bedachte sie mit einem spöttischen Blick, ließ ein Kichern vernehmen und ging schnurstracks weiter zu den Toten. „Die Identität ist geklärt?"

„Laut der Kollegin Quant handelt es sich um Egon und Evelin Frost", antwortete Lydia. „Die Bewohner dieses Hauses."

„Wir haben wieder zahlreiche Schusswunden." Behners Augen glitten über die leblosen Körper. „So viel lässt sich bereits sagen."

„Sieh mal einer an." Tila zeigte auf den Terrassenrand, dort wo die Grasfläche begann. „Hier liegen jede Menge Patronenhülsen..."

„Der Täter hat aus nächster Nähe geschossen", schlussfolgerte Behner. „Da hätte er doch eigentlich Torso oder Kopf gut treffen müssen... Und dann wären eine oder maximal zwei Kugeln pro Person auch genug gewesen. Das war ganz und gar kein guter Schütze."

„Das konnten wir schon drüben bei den Henks feststellen", erwiderte Lydia.

„Handelt es sich deiner Meinung nach um ein und denselben Täter?", erkundigte sich Tila.

„Sehr wahrscheinlich. Auch wenn die Umstände völlig verschieden zu sein scheinen." Lydia zeigte durch die offen stehende Tür ins Wohnhaus der Frosts „Seht ihr die herausgezogenen Schubladen?"

„Hier war er also im Haus..." Tila warf die Stirn in Falten. „Im Fall der Henks gibt es dafür bislang noch keine Anzeichen."

Türenschlagen und Stimmengewirr drangen zu ihnen. Kurz darauf erschienen mehrere Uniformierte an der Terrasse. Lydia warf den eintreffenden Kollegen ein Kopfnicken zu. „Moin, allerseits!" Dann wandte sie sich an Tila. „Gehen wir rein?"

„Ich bin bereit." Die Kriminaltechnikerin mit dem Kurzhaarschnitt reichte Lydia ein Paar Plastikhandschuhe und zog sich anschließend selbst welche an.

Lydia betrat das Haus zuerst. Langsam ließ sie ihre Augen über die Einrichtung gleiten. Ein altmodisches Sofa, düstere Landschaftsbilder, zwei unbequem wirkende Sessel, eine große Standuhr, eine Biedermeier-Kommode. Links und rechts in der Ecke neben dem Sofa ragten zwei schwarze Ständer in die Höhe. Lydia nahm sie näher in Augenschein. „Hier fehlen die Lautsprecher... Und ich weiß auch, wo sie sind."

„Und wo?", fragte Tila.

„In dem Plastiksack, den Konrad in dem Wäldchen unweit von hier entdeckt hat", erklärte Lydia. „Der Mann, der mich überwältigt und auf Konrad geschossen hat, muss auch hier im Haus gewesen sein. Und wahrscheinlich hat er dabei zwei Menschen getötet..."

„Warum bricht jemand in zwei benachbarte Häuser ein und erschießt die Bewohner, nur um ein paar Lautsprecher als Beute mitzunehmen?" Tila zuckte mit den Schultern.

Lydias Blick wanderte aufmerksam durch das Haus. Dann zeigte sie auf die Treppe, die ins Obergeschoss führte. „Bevor das komplette Team hier anrückt, sollten wir uns einen Gesamteindruck vom Haus verschaffen, meinst du nicht?"

„Stimmt. Vielleicht wartet ja irgendwo noch eine Überraschung auf uns." Tila nickte und folgte ihr. Oben angelangt, fanden sie sich in einem kleinen Korridor wieder, von dem vier Türen abgingen. Hinter der ersten verbarg sich ein Badezimmer mit Dusche. Die zweite

Tür führte in eine winzige Küche. In der Spüle stapelte sich dreckiges Geschirr und die Spuren auf dem Herd verrieten, dass es hier zuletzt Spaghetti mit Tomatensoße gegeben hatte. Die dritte Tür gehörte zu einem Jugendzimmer. An den Wänden klebten Poster und auf einem Regal standen ein paar Bücher. Ein voller Wäscheständer ließ erahnen, dass der Raum momentan nicht bewohnt war. Das musste das Zimmer der Tochter gewesen sein. Schweigend ging Lydia zum vierten Zimmer und drückte die angelehnte Tür auf. Ihr Blick fiel auf einen Vitrinenschrank, in dem sich Modellautos, Comics und Computerspiele aneinanderreihten. Daneben gab es einen Computertisch mit großem Bildschirm. Eine Kommode trennte den Schlafbereich vom Rest des Zimmers. Als Lydia es betrat und ihr Blick auf das Bett fiel, holte sie tief Luft. „Verdammt! Noch eine Leiche!"

Es handelte sich um einen Mann zwischen dreißig und vierzig Jahren mit kurzem dunklem Haar. Seine hübschen grünen Augen starrten ins Leere. Das Blut hatte eine dicke Linie vom Mund quer über die Wange bis zum Kopfkissen gezeichnet. Lydia fiel auf, dass er Ohrstöpsel trug. Möglicherweise hatte er den Mörder nicht hören können. An Brust und Hals ließen sich mehrere Einschusslöcher erkennen. Auch hier hatte der Täter mehr Kugeln als nötig abgefeuert. „Das muss der Sohn Mark sein", stellte Lydia fest und drehte sich zu Tila, die hinter ihr ins Zimmer gekommen war.

„Leihst du mir mal dein Handy? Ich würde gern unsere Frau für die Recherche anrufen."

„Klar." Ohne den Blick von dem Toten abzuwenden, reichte Tila ihr Smartphone an Lydia weiter.

„Danke." Lydia wählte die Nummer von Nina Maak, die im Sonderdezernat die Rechercheabteilung leitete. Nach einmaligem Klingeln nahm sie ab. *„Maak am Apparat."*

„Hallo Nina... Ich bin es, Lydia... Ja, das ist Tilas Handy. Meins ist mir abhanden gekommen... Vielleicht kannst du mir ja ein Neues schicken... Und dann bräuchte ich noch alles Mögliche zu den Familien Frost und Henk aus Mönchgut. Berufe, Arbeitgeber, soziale Medien, Vorstrafen..."

„Gib mir zehn Minuten und du bekommst die kompletten Portfolios von mir."

„Ich danke dir..."

Kaum hatte Lydia das Telefonat beendet und das Smartphone an Tila zurückgegeben, ging ein neuer Anruf darauf ein. Er kam von Tilas Teamkollegen. Die Kriminaltechnikerin nahm ab und stellte den Lautsprecher an, sodass Lydia mithören konnte.

„Moin! Was könnt ihr berichten?", fragte Tila.

„Wir haben die Stelle untersucht, wo das Diebesgut liegt. Dabei sind wir auf Patronenhülsen und eine große Menge menschlichen Blutes der Blutgruppe B positiv gestoßen."

„Ich weiß, dass Konrad einen Schuss abgegeben hat…“, erwiderte Lydia. „Er könnte jemanden getroffen haben.“

„Ist der Kollege Jung selbst auch verletzt worden?“, fragte die Kollegin am anderen Ende der Leitung.

„Ja, aber er hat kaum geblutet“, antwortete Lydia. „Außerdem hat er die Blutgruppe A negativ.“

„Dann sollten wir vielleicht in den Krankenhäusern der Umgebung anrufen und fragen, ob sich jemand mit einer Schussverletzung gemeldet hat“, schlug Tila vor. „Würdet ihr die Kollegin Maak bitte damit beauftragen?“

„Alles klar. Das leiten wir direkt weiter. Sonst noch was?

„Nein. Das war es vorerst. Wir melden uns wieder.“

Tila beendete das Gespräch. Ihr Blick blieb auf dem Bildschirm des Smartphones hängen. „Sieh mal.“ Sie hielt Lydia das Handy hin. Das Display zeigte die Eilmeldung eines Nachrichtenportals. *„Massaker im Norden“*, las Lydia ab. *„Terroranschlag auf der Ostseeinsel?“*

„Das mit dem Massaker find' ich eigentlich ganz passend. Aber an einen terroristischen Hintergrund glaube ich weniger“, erwiderte Tila. „Was sagst du dazu?“

„Bei zwei nebeneinanderliegenden Häusern denkt man ja automatisch an einen Streit unter Nachbarn. Das würde vielleicht auch erklären, dass in ein Haus eingebrochen wurde und in das andere nicht.“ Lydia seufzte. „Ich frage mich trotzdem, wer von den

Kollegen den Mund nicht halten konnte. Die Medien sind schon wieder voll von Horrormeldungen und wir haben noch nicht einmal die Häuser komplett durchsucht."

„Hier sind bereits an die fünfzig Kollegen vor Ort. Da sickert schnell mal was durch."

„Mal sind es interne Informationen, nach außen dringen, mal sind es Pistolen, die verloren gehen. Hast du gehört, was im Landgericht Stralsund passiert ist?"

„War ja zumindest kein Polizeibeamter, sondern einer von der Justiz..."

Kaum hatte Tila ihren Satz beendet, klingelte ihr Handy erneut. Sie nahm ab und stellte den Lautsprecher ein. „Hallo?"

„Hier ist Nina nochmal", meldete sich eine weibliche Stimme. *„Ich habe gerade im Krankenhaus Bergen angerufen..."*

„Mensch, Nina! Du legst ja wieder ein Tempo vor!" Lydia strahlte. „Was hast du herausgefunden?"

„In der Notaufnahme scheint sich jemand mit einer Schussverletzung gemeldet zu haben... Es handelt sich um einen Mann Ende vierzig, der selbst jedoch angab, dass er einen Arbeitsunfall hatte."

„Wir müssen ihn unter Bewachung stellen", erwiderte Lydia. „Aber sofort."

„Das habe ich bereits in die Wege geleitet. In diesem Augenblick müsste eine Streife am Krankenhaus eintreffen."

„Du übertriffst dich wieder einmal selber, Nina. Lass den Kollegen über die Leitstelle ausrichten, dass sie vorsichtig sein sollen. Falls es unser Mann ist, dann ist er gefährlich“, entgegnete Lydia. „Ich mache mich sofort auf den Weg und nehme Konrad mit. Wir müssten in circa einer halben Stunde in Bergen sein.“

„Alles klar.“ Nina räusperte sich. *„Übrigens hat deine Tochter eben im Büro angerufen und nach dir gefragt.“*

„Falls sie sich noch einmal meldet, kannst du ihr sagen, dass sie mich über Konrad erreichen kann.“

„Das habe ich schon.“

„Danke.“

Lydia legte auf. Sie musste den Tatort zum zweiten Mal den Kollegen überlassen.

7

Keine zehn Minuten später saßen die beiden LKA-Sonderermittler in Lydias Dienstwagen und befanden sich auf dem Weg nach Bergen. Als sie durch die Granitz fuhren, schweiften Lydias Gedanken für einen Augenblick ab. In dem Waldgebiet zu ihrer Rechten lag das Jagdschloss Granitz. Die Fürstenfamilie zu Putbus hatte es vor fast zweihundert Jahren unter anderem von Karl Friedrich Schinkel erbauen lassen und es nur hundert Jahre später an den deutschen Staat abtreten müssen. Und dieser hatte es nie mehr hergegeben. Nicht das Schloss und auch nicht die ehemaligen Ländereien des Fürstenhauses, die einen großen Teil der Insel Rügen umfassten. Obwohl es deutsche Beamte waren, die Fürst Malte zu Putbus ins KZ Sachsenhausen brachten, wo er 1945 zu Tode kam. Die Frage nach Gerechtigkeit war noch nie einfach gewesen.

Von Mönchgut nach Bergen zu gelangen, normalerweise schon. Doch heute war die Bundesstraße stark frequentiert und die Fahrt gestaltete sich auch mit Sirene noch reichlich nervenaufreibend. Lydias Gedanken kehrten wieder zum Fall zurück. Sie konnte es sich nicht verkneifen, das auszusprechen, was wohl beiden gerade durch den Kopf ging. „Hoffentlich stirbt er uns nicht unter der Nase weg."

„Zumindest können wir einen DNA-Abgleich machen und schauen, ob es unser Mann ist." Für mehr Konversation reichte es nicht. Auf der Höhe von Zirkow, keine zehn Kilometer von Bergen entfernt, klingelte Konrads Handy. „Deine Tochter", sagte Konrad und stellte die Freisprechanlage an.

Marijas Stimme ertönte: *„Hallo? Konrad? Bist du mit meiner Mama unterwegs?"*

„Sie sitzt neben mir."

„Was gibt es?", meldete sich Lydia.

„Hallo erstmal!" Marijas Stimme klang streitlustig.

„Ja... Moin!" Lydia rollte mit den Augen. Das passte ja mal wieder wie die Faust aufs Auge...

„Ich habe dir doch von Steven erzählt, oder?"

„Du, Marija..."

„Der hat sich jetzt wieder gemeldet... Nach drei Tagen!"

„Können wir das auch ein andermal besprechen?"

„Was soll ich ihm denn antworten, Mama?"

„Es ist gerade schlecht..."

„Ach! Das ist es immer, wenn ich was von dir will."

„Marija, wir sind hier gerade im Einsatz... Falls es dich interessiert."

„Nein! Tut es nicht! Tschüss!" Ein Klicken ertönte. Sie hatte aufgelegt.

„Soll ich sie zurückrufen?", fragte Konrad.

„Danke. Das ist nicht nötig. Marija ist einundzwanzig Jahre alt. Sie muss lernen, damit klarzukommen, dass ich nicht rund um die Uhr für sie da sein kann. Außerdem sollte sie sich nicht von jedem dahergelaufenen Typen verrückt machen lassen." Lydia holte tief Luft. „Das hätte ich ihr gern noch mitgegeben. Aber sie hat ja aufgelegt..."

„Mmh..." Konrad zeigte in Fahrtrichtung. „Was ist denn da los?"

„Jetzt mach keinen Schiet!" Lydia drosselte die Geschwindigkeit. „Ist das etwa ein Stau?"

„Sieht so aus." Konrad tippte auf das Display seines Handys. „Auf Googlemaps ist alles rot... Hier geht nichts mehr."

Lydia schwenkte auf die Gegenfahrbahn. Erst jetzt sahen sie, was die Stunde geschlagen hatte. Zahlreiche Traktoren blockierten die Straße.

„Ein Bauernprotest." Lydia blickte stirnrunzelnd zu Konrad hinüber und fuhr bis direkt vor die Blockade.

„Die machen das in letzter Zeit gerne mal unangemeldet."

„Wir müssen hier trotzdem durch." Lydia stieg aus und ging schnurstracks auf den vordersten Traktor zu. Im Führerstand saß ein hochaufgeschossener Mann mit grüner Latzhose und kariertem Hemd. Seine Augen blitzen frech unter buschigen Brauen hervor.

„Mahlzeit!"

„Moin! Wir sind von der Kripo und müssen hier durch.“ Lydia zückte ihren Dienstausweis und hielt ihn dem Bauern hin. „Wenn ich Sie also bitten darf, die Straße frei zu geben.“

„Nichts da!“ Der Bauer lachte schallend. Dann wandte er sich an einen seiner Mitstreiter, der auf dem benachbarten Traktor thronte. Ein durchtrainierte Enddreißiger mit langem, dunklem Haar. „Jens, auf dieser Seite sind sie jetzt auch da.“

„Ach! Sieh mal einer an.“ Der Durchtrainierte namens Jens sprang von seinem Fahrzeug. Auf seinen Lippen erschien ein verächtliches Grinsen. „Jetzt schicken Sie also schon die Kripo.“

„Wir sind doch gar nicht Ihretwegen hier.“ Lydia schnaufte laut. Nervös blickte sie in der Gegend umher. Gab es vielleicht doch eine Möglichkeit, hier vorbeizukommen?

„Das ist uns egal.“ Jens lachte schallend. „Hier geht es jedenfalls nicht durch.“

„Stellen Sie sich nicht so an und räumen Sie die Straße.“ Konrad baute sich vor dem Mann auf.

„Und wenn ich es nicht tue?“ Jens krempelte langsam seine Ärmel hoch.

„Dann kommen Sie mit aufs Revier.“ Konrad stemmte die Arme in die Hüften. „Und zwar in Handschellen.“

„Wir sind über fünfzig Landwirte. Wollen Sie uns alle mitnehmen?“, blaffte Jens zurück. „Viel Spaß dabei.“

„Du…“ Lydia beugte sich zu Konrad und flüsterte ihm ins Ohr: „Guck mal da rechts. Direkt hinter dem Baum ist der Straßengraben ziemlich flach…“

„Stimmt. Lass es uns versuchen…“

Ohne ein weiteres Wort stiegen sie wieder in den weißen Volvo XC90. Lydia kam die Kritik in den Sinn, die sie sich dafür hatte anhören müssen, dass sie ihn fuhr. Das T8-Modell mit über vierhundert PS wäre doch längst nicht mehr zeitgemäß und viel zu protzig. Aber ihrer Meinung nach war die Polizei eben besser geländetauglich unterwegs. Das zeigte diese Situation ja mal wieder.

Unter den neugierigen Blicken der Bauern startete Lydia den Motor, setzte zurück und lenkte den Wagen problemlos durch den Straßengraben und dann auf das offene Feld. Anschließend fuhr sie durch den abgeernteten Raps parallel an den Traktoren vorbei, von denen plötzlich einer aus der stehenden Phalanx ausscherte und frontal auf Lydia und Konrad zusteuerte.

„Was ist denn mit dem los?“ Lydia schlug mit dem Handballen auf die Hupe und machte einen Schlenker nach rechts. Doch der Traktorfahrer ließ nicht zu, dass sie ihm auswich und zog ebenfalls zur Seite. Also blieb Lydia nichts anderes übrig, als eine Vollbremsung hinzulegen. Die beiden Fahrzeuge standen sich in etwa zehn Metern Entfernung gegenüber. Lydia beugte sich aus dem Fenster und rief: „Sehen Sie das Blaulicht auf unserem Dach? Wir sind von der Polizei!“

Durch das Blubbern des Traktormotors drang das tiefe Organ eines Mannes zu ihnen. „Ihr kommt hier nicht vorbei! Und euer Fake-Blaulicht könnt ihr auch einpacken."

„Steigen Sie sofort von Ihrem Fahrzeug!", rief Konrad aus dem Fenster.

„Das hättet ihr wohl gern!" Der Bauer lachte laut.

Plötzlich ertönte ein Knall von der Straße her. Nicht weit von Lydia und Konrad kam eine Feuerwerksrakete runter. Die nächste landete direkt vor ihrem Wagen.

„Ich glaube, ich spinne", sagte Konrad. „Die feuern Raketen auf uns."

„Anschnallen!" Lydia trat aufs Gas und riss das Lenkrad herum. Sie wollte den Traktor in großem Bogen umkurven und versuchen, hinter ihm auf die Straße zu kommen. Doch der Landwirt reagierte schnell. Im Rückwärtsgang drehte er den Motor voll auf. Dann preschte er los. Die großen Reifen schleuderten die Erde nur so durch die Luft. Die Bauern am Straßenrand johlten.

„Der fährt ja rückwärts schneller als vorwärts!" Konrad hüpfte wild auf dem Beifahrersitz umher und versuchte, sich an allen verfügbaren Haltegriffen festzuklammern. Schließlich erreichten sie den Straßengraben knapp vor dem Traktor. Lydia legte den Rückwärtsgang ein und fuhr mit Vollgas zurück, bis sie an eine Stelle kam, die flach genug zum Übersetzen war. Dann ging es im spitzen Winkel behutsam durch die

Senke. Doch ihr Verfolger gab sich nicht geschlagen, sondern er fuhr ebenfalls in den Straßengraben und steuerte geradewegs auf sie zu. Und ehe Lydia den Volvo wieder auf die Straße gebracht hatte, war der Traktor bei ihnen und rammte sie in die Flanke. Der zwei Tonnen schwere SUV geriet aus dem Gleichgewicht und kippte langsam auf die Seite. Der rechte Seitenairbag löste aus und verpasste Konrad einen ordentlichen Schlag. Von draußen brauste das Gegröle der Bauern auf.

„Alles in Ordnung?" Lydia warf einen Blick zu Konrad, der sich jetzt unterhalb von ihr befand.

„Das Ding ist mir auf die Schussverletzung geknallt. Aber das wird schon." Er atmete schwer. „Sag mir lieber, wie wir hier rauskommen."

„Ich zeig es dir." Lydia klammerte sich mit einer Hand am Haltegriff über dem Seitenfenster fest, löste den Gurt und ließ sich langsam zu Konrad in den Schoß gleiten. „Entschuldige meine Aufdringlichkeit, aber es geht nicht anders."

„So nah sind wir uns schon lange nicht mehr gewesen." Ihre Gesichter waren keine zehn Zentimeter voneinander entfernt.

„Ach ja?" Lydia lächelte. Sie spürte seinen Atem auf ihren Wangen. „Ich würde sogar sagen, so nah waren wir uns noch nie."

„Das klingt ja fast so, als ob…" Doch Konrad konnte seinen Satz nicht mehr zu Ende bringen, weil plötzlich irgendetwas gegen die Karosserie ihres Wagens schepperte.

„Das war ein Stein!“ Lydias schnaufte wütend, suchte Halt mit dem Fuß, stieß die Tür auf und hangelte sich aus dem Wagen. Anschließend reichte sie Konrad die Hand und half ihm heraus. Am Straßenrand standen die Landwirte, reckten die Fäuste und lachten höhnisch. „Haha!... Das habt ihr davon... Ihr kommt hier nicht durch!“

Lydia schenkte den Männern keine Beachtung und drehte sich zu Konrad. „Hast du dir das Kennzeichen des Traktors gemerkt?“

„Kennzeichen, Fahrzeugtyp und Visage. Darauf kannst du dich verlassen.“

„Dienstwaffe und Telefon hast du?“

„Klar.“ Konrad klopfte sich gegen Hosentasche und Hüfte.

„Dann komm mit.“ Lydia und Konrad marschierten strammen Schrittes los über das Feld, bis sie nach circa fünfzig Metern das andere Ende der Blockade erreichten. Dort hatten sich bereits zwei Streifenwagen eingefunden. Die Kollegen standen am Straßenrand und rauchten. Von der Attacke schienen sie nichts mitbekommen zu haben. „Moin, die Herren!“ Lydia kannte die Gesichter aus ihrer Zeit am Revier Bergen.

„Hallo, Frau Westphal.“ Einer der beiden musterte sie verwundert. „Wo kommen Sie denn her?“

„Wir sind am anderen Ende der Blockade steckengeblieben“, erwiderte Lydia. „Dann haben Sie uns mit Feuerwerk beschossen und in den Straßengraben gerammt.“

„Das darf nicht wahr sein!“ Der Polizeikommissar riss die Augen auf.

Anschließend gab Lydia den uniformierten Kollegen eine genaue Beschreibung des Traktors, der sie gerammt hatte. „Dürfte nicht schwer sein, den dingfest zu machen“, schob Konrad hinterher. „Wir würden uns auch selber darum kümmern, aber wir müssen jetzt dringend nach Bergen.“

„Ich würde Sie ja gerne fahren, aber einen Kilometer von hier haben sie gerade die nächste Blockade errichtet.“ Der Schutzpolizist zuckte mit den Schultern. „Wahrscheinlich wollen sie den Verkehr von und nach Prora auch noch stauen.“

„Und wie kommen wir jetzt nach Bergen?“ Konrads Augen hasteten nervös zwischen Lydia und dem Kollegen der Schutzpolizei hin und her. „Sollen wir laufen, oder was?“

„Zu Fuß wären Sie querfeldein in einer knappen Stunde in Bergen“, bemerkte der Uniformierte.

„Mmh…“ Lydia sah zu den Traktoren hinüber. „Ich hätte da eine bessere Idee.“

„Die da wäre?“, fragte der Polizeikommissar.

„Komm mit, Konrad!“ Lydia drehte sich um und begab sich zum ersten Traktor in der Reihe. Auf dem

Führerstand saß ein Jungbauer mit Strohhut, der nicht älter als fünfundzwanzig Jahre sein konnte. Er trug ein T-Shirt mit der Aufschrift „Ich bin ein Ährenmann“.

„Sie da!“ Lydia streckte ihm ihren Dienstausweis entgegen. „Ich muss Ihren Traktor leider beschlagnahmen.“

„Und warum das, wenn ich fragen darf?“ Der Jungbauer schielte zu den Kollegen, die sich neben seinem Traktor versammelt hatten.

„Weil ich in einem Notfall unterwegs bin und nicht von hier wegkomme“, erwiderte Lydia.

„Pech gehabt!“ Der Ährenmann grinste breit von seinem Traktor herab. Die umstehenden Bauern feixten.

„Kommen Sie bitte sofort von Ihrem Fahrzeug“, insistierte Lydia.

„Versuchen Sie doch, mich runterzukriegen.“ Der stämmige Ährenmann erhob sich in seinem Führerhäuschen und ließ seinen Blick über Lydia und ihre Kollegen gleiten wie Ragnar, der Wikingerhäuptling. „Mal sehen, wie Sie das anstellen wollen.“

„Okay.“ Lydia drehte sich zu Konrad und streckte ihm die offene Hand hin. „Gib mir mal bitte deine Waffe.“

„Bist du sicher?“ Konrads Hand ging langsam zum Holster und fummelte die SIG Sauer heraus. Lydia nahm ihrem Kollegen die Pistole aus der Hand, streckte sie in die Höhe und wandte sich wieder zu dem Bauern. „Ich finde es ja gut, dass Sie hier protestieren. Sie dürfen auch gerne noch weitermachen. Aber ohne Ihren Traktor. Also jetzt kommen Sie mal schön runter da. Und zwar zackig!"

„Ähm..." Das Gesicht des Ährenmanns verlor urplötzlich an Farbe. Seine Augen wanderten zu seinen Mitstreitern, die jedoch alle betreten zu Boden blickten. Scheinbar war ihnen beim Anblick der Waffe die Lust auf Widerstand vergangen. Schließlich sprang der nordische Krieger von seinem Schlachtross.

„Geht doch." Lydia gab Konrad die Dienstwaffe zurück, stieg in das Führerhaus des Traktors und winkte ihrem Kollegen von oben zu. „Los jetzt! Aufsatteln!"

„Ich wusste gar nicht, dass du so ein Ding fahren kannst", sagte er, während er sich neben sie auf den Sitz zwängte.

„Ach, das ist gar nicht so schwer, wie es aussieht." Lydia lächelte, warf den Motor an, legte einen Gang ein und steuerte den Traktor langsam von der Straße auf das offene Feld. „Ruf mal Verstärkung. Die sollen uns auf der Bundesstraße entgegenkommen..."

Während Konrad am Handy war, hielt Lydia den Traktor in ausreichendem Abstand parallel zur Straße. Entgegen ihrer Befürchtung war keiner der anderen Bauern ihnen gefolgt. Die Fahrt über den abgeernteten Rapsacker nahm ihr Ende, als sie die zweite Blockade auf der Höhe von Prora passiert hatten und wieder auf die Bundesstraße einscherten. Dort wartete bereits eine Funkstreife aus Bergen.

„Moin!“ Lydia sprang aus dem Führerhäuschen und schüttelte den Kollegen die Hand. „Wir müssen so schnell es geht nach Bergen…“

8

Keine zehn Minuten darauf marschierten Lydia und Konrad in die Notaufnahme des Krankenhauses. Dort kam ihnen als erster ein Arzt mit grauer Mähne und dickem Schnurrbart entgegen. Ein Namensschild wies ihn als *Professor Doktor Hartriegel* aus. „Guten Tag, meine Herrschaften! Hier geht es aber nicht weiter. Sie müssen sich zuerst an den Empfang wenden."

„Moin!" Lydia hielt ihm ihren Dienstausweis unter die Nase. „Wir sind vom LKA. Vor etwa einer Stunde hat sich ein Patient mit Schusswunde hier gemeldet. Soweit ich weiß, bewachen ihn zwei Beamte der Schutzpolizei..."

„Ich weiß, von wem Sie sprechen. Aber ich kann Ihnen leider nicht helfen." Hartriegel schüttelte den Kopf.

„Wir müssen aber zu ihm", insistierte Lydia. „Es geht um Mord."

„Wir mussten ihn einer Notoperation unterziehen. Er ist derzeit nicht ansprechbar." Der Professor zog seine buschigen Augenbrauen in die Höhe.

„Sind Sie denn überhaupt der behandelnde Arzt?", fragte Konrad, woraufhin Lydia ihm einen Stoß mit dem Ellenbogen verpasste.

„Sie müssen nicht glauben, dass Sie mit Ihrem impertinenten Gebaren Erfolg haben. Ich lasse Sie nicht zu dem Patienten. Punktum." Hartriegel verschränkte die Arme vor der Brust.

„Hören Sie, Herr Hartriegel." Konrad stemmte die Hände in die Hüfte. „Wenn wir wollen, dann können wir uns in zehn Minuten einen richterlichen Beschluss besorgen."

„Tun Sie das. Immerhin nehmen Sie mir und sich dann die Verantwortung von den Schultern, falls sich der Zustand des Patienten während Ihres Verhörs verschlechtern sollte."

„Es geht doch gar nicht um ein Verhör..." Lydia räusperte sich. „Wir wollen lediglich die Identität des Mannes feststellen."

„Ich bin nicht dazu verpflichtet, Patientendaten an Sie weiterzugeben."

„Wie lange wird er denn noch hier sein?", fuhr Lydia fort.

„Wir werden ihn noch bis morgen auf der Überwachungsstation behalten."

„Danke." Lydia warf dem Professor ein Lächeln zu. „Dann wollen wir Sie auch nicht weiter stören."

„Sie können gern dort vorn warten." Hartriegel zeigte Richtung Empfang. „Es sitzen ja schon zwei Kollegen von Ihnen vor der Station."

„Alles klar. Tschüss!" Lydia nickte und zog Konrad hinter sich her.

„Mmh… Wiedersehen." Der Arzt ließ ein Brummen vernehmen und verschwand in einem Patientenzimmer.

„Und wo ist nun die Überwachungsstation?" Konrad sah Lydia fragend an.

„Die gehört zur Intensivstation." Lydia zeigte den Gang hinunter. „Und die liegt da."

„Na, dann gehen wir mal die Kollegen begrüßen."

Sie bogen zweimal ab und langten an einer Sicherheitstür an. Davor stand ein Uniformierter, den Blick fest auf das Handy gerichtet.

„Moin!", sagte Lydia.

„Ähm… Hallo!" Der Uniformierte sah irritiert zu ihr auf.

„Wo ist denn der Kollege?" Lydia runzelte die Stirn.

„Der holt gerade Kaffee." Der Schutzpolizist nickte.

Im gleichen Moment passierte eine Pflegerin die drei Beamten. Sie hielt inne und verschränkte die Arme. „Sie können hier aber nicht den Eingang zur Intensivstation blockieren. Damit gefährden Sie Menschenleben."

„Okay." Lydias Augen wanderten zu dem Namensschild der Schwester. „Das tut uns leid, Frau Schädlich."

„Maximal zwei Personen. Der Rest wartet bitte im dafür vorgesehenen Bereich." Das Gesicht von Oberschwester Schädlich verwandelte sich in eine undurchdringliche Wand. Jeder Widerspruch schien zwecklos.

„Geht klar.“ Lydia bedeutete dem Uniformierten, dass er auf dem Posten bleiben sollte. Dann folgten sie und Konrad der Stationsleiterin bis zum Wartesaal. Nachdem Frau Schädlich verschwunden war, sahen sie sich ratlos an.

Plötzlich ertönte eine Stimme hinter ihnen. „Konrad, du hier?“ Lydia und Konrad drehten sich um. Vor ihnen stand eine junge Frau in Jeans, Kapuzenpulli und roter Lockenmähne.

„Jenny?“ Auf Konrads Gesicht erschien ein breites Strahlen, als er sie erblickte. „Lange nicht gesehen.“

„Was machst du denn hier?“ Jenny musterte den Ermittler.

„Ich bin dienstlich hier… Und du?“

„Ich arbeite hier.“ Jenny runzelte die Stirn. „Schon seit sechs Jahren.“

„Ähm…“ Konrad räusperte sich. „Ach… Ja?“

„Ich bin Intensivpflegerin. Hast du das schon wieder vergessen?“

„Na klar! Jetzt erinnere ich mich.“ Konrad nickte energisch. „Sag mal, hättest du kurz Zeit?“

„Leider nicht. Ich habe Dienst und bin spät dran.“ Die Pflegerin schüttelte energisch den Kopf und schickte sich an, ihren Weg fortzusetzen. Doch Konrad hängte sich an sie ran und redete auf sie ein. „Ich hätte da nur eine winzige Bitte… Es ist nämlich so, dass…“

Lydia verstand nicht mehr, was Konrad sagte, aber ihre Augen verfolgten die beiden, bis sie am Ende des Ganges verschwanden.

Hinter der Bekanntschaft der beiden schien kein großes Geheimnis zu stecken. Konrad lebte als Single und war nicht gerade als Kostverächter bekannt. Blieb zu hoffen, dass die beiden im Guten auseinandergegangen waren... Lydia hatte ihren Gedanken kaum richtig zu Ende gebracht, als Konrad auch schon wieder um die Ecke bog.

„Und?“, fragte Lydia.

„Vielleicht haben wir Glück... Wir müssen uns gedulden.“

*

Kurze Zeit später war Jenny wieder da. Diesmal in weißer Uniform. Mit einem verschwörerischen Lächeln übergab sie Konrad einen Zettel.

„Danke dir.“ Konrad strich ihr über die Schulter. „Wie hast du es angestellt?“

„Ganz einfach.“ Jenny zog eine Augenbraue hoch. „Ich habe ihn nach seiner Nummer gefragt. Den Namen hat er von allein dazu geschrieben.“

„Danke.“ Lydia schüttelte ihr die Hand. „Sie haben uns sehr geholfen.“

„Schon okay." Jenny warf Konrad einen merkwürdigen Blick zu. „Ich war Ihrem Kollegen noch einen Gefallen schuldig."

„Ähm..." Konrad räusperte sich. „So würde ch das nicht sehen."

„Wie auch immer. Viel Erfolg! Ich muss jetzt wieder zurück." Jenny lächelte noch einmal und verschwand.

„Zeig mal." Lydia nahm Konrad den Zettel aus der Hand und las laut ab. *„Ringo Mattei..."*

„Ich rufe direkt Nina an." Konrad zückte sein Handy und wählte den Kontakt der Kollegin aus von Rechercheabteilung. Eine weibliche Stimme meldete sich. *„Hallo, Konrad!"*

„Hi, Nina!", gab Konrad zurück. „Sitzt du gerade zufällig am Rechner?"

„Wo sonst? Worum geht es?"

„Kannst du bitte nachsehen, was du im Intranet zu einem gewissen Ringo Mattei findest?"

„Einen Augenblick..." Das Klappern einer Tastatur ertönte. *„Ringo... Mattei... Ja, da ist er auch schon... Ui! Der hat es aber in sich! Wo habt ihr den denn aufgegabelt?"*

„Er kommt als Verdächtiger im Fünffachmord von Mönchgut in Betracht."

„Überraschen würde mich das bei der Karriere nicht. Der Mann hat ein Vorstrafenregister so lang wie ein Ostseehecht." Nina räusperte sich. *„Also, wir hätten da einen bewaffneten Raubüberfall, mehrere*

Einbruchdiebstähle, schwere Körperverletzung, Kreditkartenbetrug und insgesamt fünfzehn Jahre Gefängnis, zwei Ausbruchsversuche inklusive. Den kompletten Lebenslauf schicke ich euch noch als Lektüre für zwischendurch…"

„Danke. Das sollte für ein Verhör am Krankenbett ausreichen", erwiderte Konrad. „Kannst du bitte die Untersuchungsrichterin Kuske auch gleich kontaktieren? Wir brauchen eine richterliche Anordnung, um diesen Mattei verhören zu können. Und zwar so schnell wie möglich."

9

Im Fernsehen lief eine Show, in der sich eine zerstrittene Familie vor der Kamera versöhnen sollte; im Aschenbecher verqualmte eine Zigarette und auf dem Tisch vor ihm lag eine Postkarte vom Darß, die den weißen Ostseestrand mit dem ruhigen Meer und einem blauen Himmel zeigte. Seine Mutter hatte sie ihm vor ein paar Wochen geschickt. Seine Lippen bewegten sich: *„Lieber Torben, ich hoffe, dir geht es gut…“*

Anstatt weiterzulesen, zerriss er die Postkarte fein säuberlich. Bis nur noch ein Häufchen Papierschnipsel übrig war, die er in seine Hand wischte und danach in den Aschenbecher warf. Eure netten Worte könnt ihr für euch behalten! Ihr könnt mich mal! Alle beide! Aber besonders der Alte! Einmal mehr musste er daran denken, wie sein Vater ihn sein ganzes Leben lang behandelt hatte. Für die Drecksarbeit war Torben ihm immer gut genug gewesen. Und wenn er damit fertig war, durfte er die Ferienwohnungen putzen gehen… Oder Steckdosen reparieren. Auf den versprochenen Job in der Verwaltung wartete Torben seit Jahren. Dafür hatte der Alte ja den Walter.

Torbens Hand wanderte zur Fernbedienung. Er begann zu zappen. Aber um diese Zeit konnte man das Fernsehprogramm echt vergessen. Irgendwann kam er am Nachrichtensender an. War das nicht Rügen? Er sah ein Reetdachhaus, das ihm bekannt vorkam. Gehörte das nicht den Nachbarn? Ein rotes Schriftband lief unten durchs Bild... *Massaker im Norden... Mindestens fünf Tote in Mönchgut auf Rügen...*

Dann erschien das Haus seiner Eltern. Ein schiefes Grinsen zeigte sich auf seinen Lippen...

10

Professor Hartriegel schaute kopfschüttelnd von Lydia zu Konrad und dann auf das Blatt Papier in seiner Hand. Es handelte sich um eine richterliche Anordnung, die den beiden LKA-Beamten den Zutritt zur Intensivstation und die Vernehmung des Verdächtigen Ringo Mattei erlaubte.

„Hier steht aber in *Absprache mit dem zuständigen Arzt.*“ Hartriegel hielt das Papier hoch. „Und das bin ich.“

„Das ist uns bekannt, Herr Professor.“ Konrad rollte mit den Augen.

„Der Patient ist noch nicht so weit.“ Hartriegel schüttelte den Kopf.

„Wir wissen aber, dass er bei Bewusstsein ist und sprechen kann“, setzte Lydia dagegen.

„Woher wollen Sie das denn erfahren haben?“ Hartriegel verschränkte die Arme.

„Das ist doch egal, Herr Professor. Verraten Sie uns lieber, warum Sie unsere Ermittlungen unbedingt ausbremsen wollen“, fragte Lydia zurück.

„Der Mann hat eine Sepsis erlitten und steht unter dem Einfluss von Medikamenten, von denen wir noch nicht wissen, wie er sie verträgt. Passiert ihm unter meiner Regie etwas, wird man mich zur Rechenschaft ziehen." Der Professor strich sich über die graue Mähne. „Und nicht Sie."

„Herr Professor." Lydia sah den Mediziner durchdringend an. „Auf Rügen hat es einen fünffachen Mord gegeben und Ringo Mattei steht im Verdacht, etwas damit zu tun zu haben. Sie können nicht so tun, als würde Sie das alles nichts angehen. Wollen Sie wirklich, dass wir die Sache auf die harte Tour erledigen?"

„Na gut." Hartriegel verdrehte die Augen. „Ich gebe Ihnen fünf Minuten."

*

Als sie das Krankenzimmer betraten, saß Ringo Mattei aufrecht im Bett und blickte sie an. Sein ovales Gesicht wirkte blass, unter seinen braunen Augen zeichneten sich dunkle Ringe ab. Er trug einen unsauber gestutzten Zehntagebart. Feuchte Strähnen schwarzen Haares klebten auf der Halbglatze. Die Nase erweckte den Eindruck, als sei sie bereits mehrmals gebrochen gewesen. Auf den schwülstigen Lippen zeigte sich ein schiefes Grinsen.

„Moin!" Konrad zog sich einen Stuhl heran und nahm neben dem Krankenlager Platz. „Sie sind Herr Ringo Mattei, nicht wahr?"

„Ähm... Ja, wieso?"

„Wie geht es Ihrer Verletzung?“ Lydia baute sich am Fußende des Bettes auf.

„Darf ich erfahren, mit wem ich das Vergnügen habe?“ Mattei kniff die Augen zusammen. „Eure Gesichter gefallen mir irgendwie nicht.“

„Wir sind von der Kripo und hätten ein paar Fragen an Sie.“ Lydia musterte den Patienten.

„Dachte ich mir es doch! Wat wollt ihr von mir?“

„Wir würden gern wissen, woher Ihre Verletzung stammt“, sagte Lydia.

„Das war ein Unfall.“

„Was ist denn passiert?“, hakte Konrad nach.

„Ich habe mir in der Werkstatt was ins Bein gehauen.“

„Liegt Ihre Werkstatt im Wald?“ Lydia schielte auf die Schuhe, die neben dem Bett standen. Sie erkannte die blauen Streifen wieder.

„Nee, wieso?“

„Wir wissen, dass Sie in einem kleinen Waldstück in Mönchgut unterwegs waren“, setzte Konrad hinzu.

„Ich war in keinem Wald.“ Mattei blickte nervös umher. „Und jetzt lasst mich in Ruhe.“

„Und wieso klebt dann Walderde an Ihren Schuhen?“ Lydia hob die Turnschuhe hoch und klopfte sie aneinander. Schwarze Krümel fielen auf Ringos Bettdecke.

„Was soll das?“ Der Verdächtige wischte mit der Hand den Dreck von seinem Bett. Ihm standen die

Schweißperlen auf der Stirn. „Darf man nicht mehr spazieren gehen?"

„Machen Sie Ihre Spaziergänge immer bewaffnet?", bohrte Konrad weiter.

„Wie kommt ihr denn auf den Unsinn?"

„Den Ärzten zufolge hat man Ihnen eine Pistolenkugel entfernt." Konrad zeigte auf Ringos Bein.

„Ach, gut, dass du das erwähnst, Konrad." Lydia langte nach der Jacke, die über einem Stuhl hing. Vielleicht ließen sich ja Schmauchspuren der abgefeuerten Pistole an den Ärmeln finden... „Wir leihen uns mal die Jacke hier."

„Ihr könnt doch nicht einfach mein Zeug nehmen!"

Dann ging die Tür auf und der Professor kam ins Zimmer. „So, die fünf Minuten sind um."

„Aber dem Mann geht es doch gut." Lydia zeigte auf den Patienten, der immer noch aufrecht in seinem Bett saß.

„Diese Einschätzung sollten Sie besser mir überlassen", entgegnete Hartriegel.

„Herr Doktor!", rief Mattei. „Die wollen mir meine Jacke wegnehmen."

Daraufhin blickte Hartriegel Lydia strafend an. „Also, hören Sie mal. Das können Sie doch nicht tun."

„Die ist beschlagnahmt." Lydia schickte dem Professor ein kaltes Lächeln. „Daran können Sie jetzt leider auch nichts mehr ändern."

„Dafür braucht man so einen Wisch vom Richter." Mattei blickte den Arzt flehend an. „Das dürfen die nicht."

Doch Professor Hartriegel zuckte nur mit den Schultern.

„Das war es dann auch schon von unserer Seite. Danke, Herr Professor!" Lydia nickte dem Arzt zu. Mit der Jacke unterm Arm verließen sie und Konrad das Krankenzimmer. Als sie den Uniformierten passierten, wandte Lydia sich an ihn: „Ist der Kollege immer noch Kaffee holen?"

„Er ist zu dem Café um die Ecke. Wir wollten keinen aus dem Automaten."

„Passen Sie bloß auf Herrn Mattei auf. Sobald er transportfähig ist, nehmen wir ihn mit."

Auf dem Weg nach draußen schrieb Konrad der Untersuchungsrichterin Kuske eine E-Mail und beantragte einen Haftbefehl gegen Ringo Mattei. Als er damit fertig war, las er Lydia eine Nachricht vor, die gerade eingegangen war. Sie stammte von Tila Fries. *„Moin ihr beiden! Wir haben hier einen Zeugen, der unbedingt aussagen will. Angeblich weiß er was von einer jahrzehntelangen Fehde zwischen den Frosts und den Henks. Der Mann heißt Richard Leffer."*

11

Die Sonne hatte sich bereits deutlich gesenkt, es gab kaum Wolken am Himmel und leichter Wind strich durch den Sanddorn vor dem Haus der Frosts. Nachdem Lydia und Konrad die neu eingetroffenen Kollegen von Kriminaltechnik und Schutzpolizei begrüßt hatten, wandten sie sich einem hochgeschossenen Mann um die sechzig mit breiten Schultern und kurzgeschorenem Haar zu. „Sie müssen Herr Leffer sein“, sagte Lydia.

„Ja. Und Sie sind die federführende Ermittlerin?“, erkundigte er sich.

„Ja, Westphal mein Name.“ Lydia schüttelte die Hand des Mannes.

„Sind Sie von der Kripo Stralsund?“ Herr Leffer musterte sie neugierig mit seinen stechenden blauen Augen.

„Nein, vom LKA.“

„Ach, das ist ja interessant. Die schicken also ihre eigenen Leute, wenn was richtig Schlimmes passiert, ja?“

„Kann man so sagen.“ Lydia nickte. „Sie wollten eine Aussage machen?“

„Ich kenne die Frosts und die Henks schon sehr lange. Außerdem ist Egon Frost ein Kollege meiner Frau."

„Ein Kollege?", fragte Lydia nach.

„Er war Gynäkologe, so wie meine Frau. Und fachlich wohl auch ziemlich gut. Allerdings hatte er auch den Ruf eines Besserwissers und Dickkopfes. Manche haben ihn sogar als Autisten bezeichnet. Er lebte in seiner eigenen Welt, was aber vielleicht auch nur an seinem hohen Alter lag. Ich meine, der Mann wurde in den dreißiger Jahren des letzten Jahrhunderts geboren." Leffer holte tief Luft. „Sie müssten sich mal mit meiner Frau unterhalten. Die fand ihn immer ziemlich machohaft und altmodisch. Sie kann Ihnen sicher ein paar Geschichten von ihm erzählen."

„Das werde ich bei Gelegenheit auch tun", entgegnete Lydia. „Was können Sie über den Streit der beiden Familien sagen?"

„Früher wussten hier in der Gegend alle von der Fehde. Ich glaube, es hat vor über dreißig Jahren mit Grundstückstreitereien angefangen", erklärte Leffer. „Die Familien haben nach der Wende enteignetes Land zurückgefordert und hatten auch teilweise Erfolg damit. Nur waren wohl beide nicht mit dem Ergebnis der Rückgabe zufrieden. Sowohl die Henks als auch die Frosts bezichtigten sich gegenseitig, mit Hilfe der Behörden Grundbücher manipuliert zu haben. Es begann ein jahrelanger Streit. Und wenn Sie sich nicht vor Gericht gegenüber saßen, dann haben sie sich gegenseitig das Eigentum beschädigt. Zuerst waren es zerstochene Fahrradreifen, dann Kratzer an den Autos und irgendwann sogar ein abgefackelter Schuppen. Und natürlich haben die Väter für diese Aktionen immer die Söhne vorgeschickt."

„Die Familien stritten sich bis in die Gegenwart?", hakte Lydia nach.

„Nun, warten Sie doch mal ab. Zu dem Teil der Geschichte komme ich erst noch." Leffer verschränkte die Arme und holte tief Luft. Er schien seinen Wissensvorsprung genüsslich auszukosten. „Nachdem es vor vier oder fünf Jahren einen endgültigen Gerichtsbeschluss zu den Grundstücksgrenzen gegeben hatte, haben sich Herr Frost und Herr Henk vor dem Gerichtsgebäude angeblich die Hand gegeben. Und seitdem herrschte auch Ruhe. Na ja... Bis heute. Aber wissen Sie, was? Sie sollten einfach die Kinder befragen."

„Das hatten wir auch vor..." Lydias Blick ging zur Straße, wo gerade jemand eintraf, der offensichtlich nicht zu den Ermittlungsbehörden gehörte. Mit einer Geste schickte sie Konrad vor, damit er mal schaute, um wen es sich handelte. „Bevor wir das Gespräch beenden, muss ich Sie noch fragen, ob Ihnen in den letzten Tagen irgendetwas aufgefallen ist."

„Was genau meinen Sie?" Leffer drehte sich herum. Offensichtlich interessierte ihn auch, wer da gerade gekommen war.

„Ist Ihnen eine Besonderheit ins Auge gestochen? Das kleinste Detail kann uns weiterhelfen."

„Mmh... Da fällt mir jetzt leider nichts ein." Leffer zeigte auf die junge Frau, die an Konrads Seite das Grundstück betrat. „Man mag sich nicht vorstellen, was die ärmste Alex jetzt durchmachen muss."

„Herr Leffer, ich muss Sie jetzt leider bitten, das Grundstück zu verlassen." Lydia zeigte in Richtung Straße. Doch Herr Leffer machte keine Anstalten zu gehen. Stattdessen rief er der jungen Frau entgegen: „Mein herzliches Beileid, Frau Frost!" Alex sah kurz auf. Sie schien Leffer nicht zu erkennen.

„Ich bin es, der Mann von Frau Doktor Leffer." Er versuchte es weiter mit der Kontaktaufnahme. Doch Alex zeigte keine Reaktion.

„Sie müssen jetzt gehen, Herr Leffer." Lydia schob den Zweimetermann sanft Richtung Ausgang.

„Haben Sie eine Karte oder so?", fragte Leffer. ‚Ich werde meine Frau fragen, ob ihr noch was zu Herrn Frost einfällt. Danach werde ich mich nochmal bei Ihnen melden."

„Warten Sie." Lydia zückte Notizblock und Stift und notierte Leffer ihre Nummer. Dann fiel ihr ein, dass sie ja kein Handy mehr hatte und schrieb Konrads Nummer dazu.

„Danke. Interessante Handschrift, Frau Westphal." Leffer musterte das Blatt Papier.

„Auf Wiedersehen!“ Lydia schloss das Gartentor hinter Leffer. „Melden Sie sich, falls Ihnen noch etwas einfällt.“

„Verlassen Sie sich drauf!“ Leffer zwinkerte ihr mit beiden Augen zu. Dann ging er zu dem Fahrrad, das an einem Laternenmast lehnte. Während Lydia dabei zusah, wie er sich in den Sattel schwang, tippte ihr jemand auf die Schulter. Es war Konrad. „Darf ich dir Frau Frost vorstellen?“

„Gern.“ Lydia musterte die junge, hochaufgeschossene Frau mit dem Kurzhaarschnitt, den breiten Schultern und dem auffallend kantigen Gesicht. Sie trug Turnschuhe, Jeans und einen grauen Pullover. Am Handgelenk hing eine Herrenuhr mit breitem Metallarmband. „Mein herzliches Beileid, Frau Frost!“

„Danke, Frau Kommissarin.“ Alex Frost besaß einen festen Händedruck und eine tiefe Stimme. „Stimmt es, was die Medien berichten?“

„Was meinen Sie?“

„Dass es insgesamt fünf Tote gegeben hat?“ Alex Frost schluckte.

„Leider ja.“ Lydia nickte.

„Haben Sie schon einen Verdächtigen?“ Die junge Frau strich sich durch die kurzen Haare.

„Zu den laufenden Ermittlungen kann ich selbstverständlich noch nichts verraten, aber ich verspreche Ihnen, dass wir alles tun werden, um den Täter zu stellen“, entgegnete Lydia. „Ich hätte da aber auch ein paar Fragen an Sie…“

„Frau Westphal!“ Das kräftige Organ eines Mannes drang von der Straße her zu ihnen. Lydia drehte sich um. Dort stand Herr Leffer und winkte. Schon wieder? „Mir ist noch was eingefallen.“

„Einen Moment.“ Lydia warf Alex Frost und Konrad einen entschuldigenden Blick zu und begab sich zu Leffer an den Zaun. „Was gibt es denn?“

„Sie hatten mich doch gefragt, ob mir irgendwas aufgefallen ist?“ Leffer sah Lydia fest in die Augen. „Und da sind mir eben noch die Böller in den Sinn gekommen.“

„Böller?“ Lydia runzelte die Stirn.

„Ja, die Fennscheit-Kinder haben in den letzten Tagen diese extrem lauten Knaller gezündet. Und das zu jeder Tages- und Nachtzeit.“

„Fennscheit-Kinder?“

„Insgesamt gibt es elf davon. Die leben auf einem großen Hof hier in der Nähe. Die Fennscheits sind Anwälte und haben so ihre ganz eigenen Erziehungsmethoden. Eine davon besteht darin, dass sie die Kinder die meiste Zeit sich selbst überlassen. Ganz toll funktioniert das, kann ich Ihnen sagen. Die Kids ziehen nämlich ständig durch die Gegend und richten Schaden an.“

„Und diese Kinder haben mit Silvesterknallern hantiert?“ Lydia beschlich eine Ahnung.

„Genau." Leffer schielte zur Terrasse des Frost-Hauses, auf der Alex und Konrad sich unterhielten.

„Ich werde mich darum kümmern", erwiderte Lydia. „Sonst noch was?"

„Das wäre erstmal alles, Frau Westphal."

„Melden Sie sich, falls Ihnen noch etwas einfällt."

„Alles klar."

„Auf Wiedersehen!"

Lydia schrieb eine Nachricht an Frau Reeter vom Revier Bergen mit der Bitte, der Sache mit den Fennscheit-Kindern nachzugehen. Anschließend begab sie sich wieder zu Alex und Konrad, um ihre Befragung fortzusetzen.

„Sie und Herr Leffer kennen sich?" Lydia zeigte auf den davonradelnden Leffer.

„Nicht, dass ich wüsste." Alex runzelte die Stirn.

„Er ist der Mann von Frau Doktor Leffer", erklärte Lydia. „Die müssten Sie doch kennen..."

„Ich war bei ihr in der Praxis." Alex nickte.

„Ihr Vater war auch Gynäkologe, nicht wahr?", legte Lydia nach.

„Gynäkologe und Urologe." Alex räusperte sich.

„Dann bewegte Ihr Vater sich ja sozusagen zwischen den Geschlechtern...", mischte sich Konrad in das Gespräch ein.

„Ich habe mich nie sonderlich für den Beruf meines Vaters interessiert." Alex verschränkte die Arme vor der Brust.

„Was machen Sie denn beruflich? Oder studieren Sie?“

„Ich habe mit Jura angefangen. Derzeit absolviere ich ein Praktikum.“

„Im ersten Semester schon, ja?“ Lydia musterte die junge Frau, deren Gesicht wie versteinert wirkte. „Entschuldigen Sie die Frage, aber hat Ihre Studienwahl etwas mit dem Rechtsstreit zu tun, in den Ihre Familie über so viele Jahre verwickelt war?“

„Davon habe ich nicht mehr so viel mitbekommen.“ Alex schüttelte den Kopf. „Das war vor meiner Zeit.“

„Sie selbst waren also nicht in die Fehde mit den Henks involviert?“, hakte Konrad nach.

„Nein.“ Alex schüttelte den Kopf.

„Welche Beziehung hatten Sie denn zu den Nachbarn?“, bohrte Konrad weiter.

„Gar keine.“

„Und zu Ihren Eltern und Ihrem Bruder?“

„Da war alles normal.“

„Trotzdem sind Sie sehr früh ausgezogen, nicht wahr?“, warf Lydia ein.

„Mein Bruder war immer ein abschreckendes Beispiel für mich. Er hat ja mit fast vierzig noch bei den Eltern gewohnt.“ Alex schüttelte den Kopf. „Ich wollte so früh wie möglich auf eigenen Beinen stehen.“

„Mochten Sie Ihren Bruder etwa nicht?“ Konrad zog die Augenbrauen hoch.

„Ich hatte noch nie viel mit ihm zu tun. Er war ja auch fast zwanzig Jahre älter als ich." Alex ließ den Blick zum Haus gleiten. „Muss ich die Leichen noch identifizieren?"

„Wenn Sie sich dazu imstande fühlen." Lydia blickte fest in die Augen der jungen Frau, die fast das gleiche Alter wie ihre Tochter hatte.

„Ich denke schon…", antwortete Alex.

Ein Handyklingeln ertönte. Konrad sah auf das Display seines Smartphones, gab Lydia ein Zeichen und sagte: „Entschuldigen Sie uns bitte, Frau Frost."

Anschließend entfernten er und Lydia sich ein paar Schritte. Konrad regelte den Handylautsprecher hoch. „Jung am Apparat. Hallo?"

„Moin! Hier spricht Frau Knoll aus dem Forensischen Labor Stralsund. Es geht um die Jacke eines gewissen Ringo Mattei. Es erging der Auftrag an uns, sie zeitnah auf Schmauchspuren zu überprüfen. Dabei sind wir zu einem positiven Ergebnis gekommen…"

„Damit dürfte der Verhaftung Matteis nichts mehr im Wege stehen." Lydia nickte zufrieden.

12

Als der Pfleger mit der großen Thermoskanne das Zimmer betrat, begann Ringo Mattei auf einmal zu husten.

„Hallo, Herr Mattei!" Der junge Mann mit dem ebenmäßigen Gesicht, den mandelförmigen Augen und dem lockigen schwarzen Haar stellte die Kanne auf dem Beistelltisch neben dem Bett ab. „Ich habe Kaffee mitgebracht."

„Gut so." Ringo richtete sich in seinem Krankenbett auf. Seine Augen wanderten zum Namensschild des Pflegers. „Welche Neuigkeiten hast du sonst noch für mich, Pedro? Was ist bei den Tests rausgekommen?"

„Ihre Blutwerte sehen gut aus. Die Antibiotika schlagen an." Pedro sprach mit einem starken ausländischen Akzent. „Morgen früh dürfen Sie die Überwachungsstation verlassen. Danach bleiben Sie noch ein bis zwei Tage auf der normalen Unfallstation."

„Sehr schön..." Ringo hustete erneut.

„Das hört sich aber nicht gut an." Pedro legte den Kopf schief. „Sind Sie erkältet?"

„Asthma... Das habe ich schon seit der Kindheit."

„Haben Sie Ihr Spray dabei?"

„Nein…“ Ringo griff sich an den Hals. „Mach mal bitte das Fenster auf.“

„Klar.“ Pedro holte ein Schlüsselbund aus der Tasche, ging zum Fenster, entriegelte den Griff und öffnete es. „Besser so?“

„Ja, aber das Spray brauche ich trotzdem. Wenn es geht, ein starkes mit ordentlich Kortison drin. So was habt ihr doch, oder?“

„Ich hole welches.“ Pedro blickte zum Fenster. „Das darf ich aber nicht offen lassen.“

„Warum denn nicht?“ Ringo hustete weiter.

„Das ist Vorschrift. Ich will mir keinen Ärger einhandeln.“

„Den Ausländern gucken sie wohl besonders auf die Finger, wat?“ Ringo grinste. „Wo kommst du denn her?“

„Spanien.“

„Sind die Krankenhausfenster bei euch auch abgeschlossen?“

„Ähm… Nein.“

„Na siehst du.“

„Es geht trotzdem nicht.“ Pedro schielte zur Tür.

„Ach, warte mal… Jetzt verstehe ich.“ Ringo zeigte nach draußen. „Warten da vielleicht ein paar Männer in Uniform auf dem Flur?“

„Ja, Herr Mattei.“

„Glaubst du etwa, ich bin ein Schwerverbrecher?“

„So etwas würde ich niemals von Ihnen denken.“

„Schon mal was von dem Wort *Zeugenschutzprogramm* gehört?“

„Was soll das sein?“

„Du bist noch nicht so lange in Deutschland, oder?“

„Drei Jahre.“ Pedro kratzte sich verlegen an der Schläfe.

„Ich bin ein wichtiger Zeuge und hier in Deutschland beschützt die Polizei Leute wie mich, alles klar? Das ist nicht so wie bei euch da unten. Aber ich merke schon, dass du so ein ganz Korrekter bist.“ Während Ringo sprach, kletterte er aus dem Bett. „Ich muss mal aufs Klo. Kannst du mir den Tropf hier abmachen?“

„Klar.“ Pedro beugte sich nach vorne, um den Infusionsschlauch abzuklemmen... Im selben Moment griff Ringo nach der Thermoskanne und schlug sie dem Pfleger so heftig ins Gesicht, dass dieser sofort bewusstlos zu Boden sank. Ringo beobachtete für ein paar Sekunden, wie das Blut aus der Nase des Mannes auf den grauen PVC-Boden lief. Dann ging er auf die Knie, durchsuchte Pedros Taschen und nahm ihm Smartphone und Geldbörse ab.

Anschließend trat er ans Fenster. Die Schusswunde pochte in seinem Oberschenkel. Unter Stöhnen kletterte er auf den Fenstersims, fasste das Vordach links von ihm ins Auge und sprang. Beim Aufprall schoss ihm der Schmerz durch den ganzen Körper. Für einen Augenblick blieb er liegen. Sein Blick wanderte über den Krankenhausparkplatz und hielt an dem blonden

Haarschopf einer zierlichen Frau inne. Sie lud gerade irgendetwas in den Kofferraum eines kleinen roten Autos. Ringo holte tief Luft und raffte sich auf. Einmal musste er noch springen. Er biss die Zähne zusammen, machte den zweiten Satz und landete auf dem Asphalt. Einen kurzen Aufschrei konnte er nicht unterdrücken. „Ah!"

Dann humpelte er zwischen den parkenden Autos hindurch zu der blonden Frau mit dem roten Kleinwagen. Als er bei ihr war, holte er ohne Vorwarnung zu einem Schlag aus. Doch aus irgendeinem Grund drehte die Frau sich zur Seite und er verfehlte sie. Die Blondine begann sofort, aus voller Kehle zu schreien, als sie ihn erblickte. „Hilfe! Hilfe!"

„Halts Maul!" Ein zweiter Faustschlag mitten ins Gesicht brachte sie jäh zum Schweigen. Ringo packte sie am Haarschopf und zerrte sie von dem Auto weg.

„Was machen Sie da mit der Frau?" Die Stimme eines Mannes ertönte plötzlich hinter ihm. Ringo drehte sich um und sah sich einem glatzköpfigen Mittdeißiger mit Bierbauch und Einkaufstasche gegenüber.

„Das geht dich einen Scheiß an, du Fettsack!" Ringo ging auf den Mann zu und schlug ihm so heftig ins Gesicht, dass der Angegriffene rücklings hinfiel und der Inhalt seiner Einkaufstasche sich auf dem Boden verteilte.

„Na, warte, du Feigling!" Der Mann mit Glatze rappelte sich auf. „Dir zeig ich's!"

„Versuch es doch mal!“ Ringo langte nach einer Rotweinflasche, die aus dem Einkaufsbeutel gekullert war, und holte aus. Der Schlag saß. Von Rotwein überströmt sackte der Mann mit der Glatze auf den Asphalt. „Lass es dir schmecken! Und kümmere dich gefälligst um deinen eigenen Dreck!“

Anschließend setzte Ringo sich in den Wagen der Frau und startete den Motor.

13

Am Himmel türmten sich die Wolken und die Schwalben kreisten nervös um das Reetdach des Frostschen Hauses. Zum ersten Mal seit Wochen schien sich ein ordentlicher Regenguss anzubahnen.

Die Jurastudentin Alex hatte eine psychologische Betreuung abgelehnt und sich sofort verabschiedet, nachdem sie die Leichen ihrer Eltern und ihres Bruders identifiziert hatte. Lydia richtete das Ersatzhandy ein, das ihr eine Kollegin vorbeigebracht hatte. Und Konrad schlürfte den Kaffee aus seiner mitgebrachten Thermoskanne, die Augen auf das Handy gerichtet. „Der Haftbefehl gegen Ringo ist eingetroffen. Die Schmauchspuren an der Jacke haben die Richterin überzeugt. Sie hat eine sofortige Verlegung ins Haftkrankenhaus angeordnet. Die Kollegen vor Ort wissen bereits Bescheid“, sagte er.

„Ich habe das Gefühl, dass wir damit ein ganzes Stück weitergekommen sind.“ Lydia nickte.

„Aber wie stellst du dir seine Tat eigentlich konkret vor? Warum hat er nur ein Haus ausgeraubt und das andere verschont? Warum hat er die Bewohner erschossen, wenn er nur an ein paar Wertsachen wollte?"

„Vermutlich ist er davon ausgegangen, dass das Henksche Haus leersteht. Und als er die Besitzer dann antraf, hat er sie getötet. Auf seinem Weg zurück zur Landstraße könnte ihn jemand von den Frosts gesehen haben, woraufhin er dann auch noch rüber zu deren Haus ist und die möglichen Zeugen aus dem Weg geräumt hat."

„Und wie erklärst du dir, dass ich ihn mit einem Sack voller Diebesgut im Wald ertappt habe? Wieso war er mit dem ganzen Kram zu Fuß unterwegs? Wirkt das nicht reichlich unausgegoren?", fragte Konrad weiter.

„Vielleicht war er ursprünglich auf etwas ganz anderes aus, etwas Leichteres und Kleineres... Und als er das nicht fand, hat er eben die Technik mitgenommen."

Konrads Handy klingelte. Er nahm ab. Eine männliche Stimme drang aus dem Telefonlautsprecher: *„Moin! Hier ist Sven Dösing. Ich war mit der Bewachung des Verdächtigen im Krankenhaus Bergen beauftragt..."*

„Ja, und?", fragte Konrad.

„Der Kerl ist uns entwischt..."

14

Der rote Kleinwagen bretterte durch die Stadt in Richtung B96. Ringo hängte Pedros Handy in die Halterung und wählte bei voller Fahrt die Nummer seiner Mutter. Wie immer dauerte es eine Weile, bis sie abnahm. *„Hallo? Wer ist da?“*

„Ich bin es, Ringo.“

„Ich habe kein Geld. Das müsstest du doch langsam wissen.“

„Aber du hast doch bestimmt noch das Zeug von dem Alten da, oder?“

„Ja. Zum Wegwerfen ist es zu schade.“

„Ich brauche eine Hose, einen Pullover und ein Paar Schuhe.“ Ringos Blick wanderte an sich herunter. Seine nackten Beine schauten aus dem Patientenkleid heraus. Zum Anziehen war ihm keine Zeit mehr geblieben.

„Warum willst du das jetzt auf einmal haben?“

„Frag nicht, sondern bring es mir.“

„Wohin denn?“

„Wir treffen uns direkt bei dir vor der Haustür, an der Imbissbude.“ Sein Blick wanderte zu der Batterie-Anzeige des Handys. Der Akku war fast alle und ein

Kabel war nicht in Sicht. „Ach, und bevor ich es vergesse, nimm dein Telefon mit. Ich muss wen anrufen."

„Und wann?"

„Sofort! Ich bin in fünf Minuten…" Aber dann war plötzlich die Verbindung weg und das Display schwarz. Wütend riss er das Handy aus der Halterung und schleuderte es aus dem Auto.

*

Er passierte das Parkhotel, dann ging es weiter bis zur Störtebekerstraße, bis er schließlich auf seine Zielgerade kam, die Rotenseestraße. Auf ihr gelangte er bis zum Aldi, hinter dem der Imbiss stand, direkt an der Auffahrt zur Bundesstraße. Er fuhr auf den Parkplatz, stieß die Tür auf und winkte eine Frau mit rot getönten Haaren zu sich heran. „Muttern! Komm mal her!"

Die Frau warf dem Mann in dem Imbiss, neben dem sie stand, einen besorgten Blick zu. Dann griff sie die Plastiktüte, die vor ihr auf dem Boden lag, und kam zu ihm geschlurft. Kaum war sie bei Ringo, riss er ihr den Beutel aus der Hand. „Zeig her!"

„Wo sind denn deine Hosen geblieben?" Seine Mutter zeigte auf seine nackten, blutüberströmten Beine. „Und warum blutest du?"

„Ist doch egal." Ringo stieg aus, zerrte Hose, Pullover und Schuhe aus dem Beutel und streifte sie sich über. Die leere Plastiktüte überließ er dem Wind. Als seine Mutter ihr hinterherlaufen wollte, packte er sie am Arm. „Hiergeblieben!“

„Musst du denn immer so grob sein, Ringo?“ Sie verzog das Gesicht vor Schmerzen.

„Leih mir mal dein Telefon.“ Ringo langte nach der Jackentasche seiner Mutter.

„Lass mich los!“ Seine Mutter zeigte zur Imbissbude. „Der da guckt schon.“

„Gib mir jetzt dein Handy.“ Ringo umklammerte ihr Handgelenk und musterte sie mit einem abschätzigen Blick. Ihre faltige Haut mit den großen Leberflecken am Hals und auf den Wangen, die bläulichen Augenringe und die schmalen Lippen, die ständig zitterten.

„Ringo… Ich habe es nicht dabei.“

„Was heißt das?“, brüllte er.

„Es ist zuhause.“

„Habe ich dir nicht gesagt, dass ich es brauche?“

„Aber wenn du es mir wegnimmst, habe ich ja keins mehr.“

„Ich wollte es mir nur leihen.“

„Du hast dir noch nie etwas geliehen, Ringo.“ Seiner Mutter stand das Wasser in den Augen.

„Du brauchst gar nicht zu flennen. Mir machst du damit nichts vor.“ Ringo lachte schallend. „Vattern hatte recht. Du bist… Ach! Ich sag es lieber nicht.“

„Ringo…“, stammelte sie.

„Und wo krieg ich jetzt ein Telefon her?“ Wutentbrannt starrte er sie an. Dann glitt sein Blick zum Imbiss. „Ach, ich weiß schon…“

„Du darfst es ihm nicht wegnehmen“, flehte seine Mutter ihn an. „Der kennt mich doch genau.“

„Ich weiß auch, warum.“ Ringo stieß ein höhnisches Lachen hervor und marschierte in Richtung Imbiss. „Weil du da immer deinen Schnaps trinken gehst.“

„Das stimmt nicht, Ringo.“ Seine Mutter hängte sich an ihn ran. „Ich trinke kaum noch was…“

„Hey, Meister!“, rief Ringo dem Mann hinter der Theke zu. „Kann sich meine Mutter mal dein Handy leihen?“

„Ähm…“ Der korpulente Mann mit der verschmierten Schürze und dem zotteligen Bart beäugte Ringo misstrauisch. Dann wandte er sich an die Mutter. „Gehört der zu dir, Lilly?“

„Ja, Hajo.“ Sie schluckte.

„Du bürgst für ihn.“ Hajo wischte sich die Hände an der Schürze ab, griff in seine Tasche, fischte ein Handy heraus und schob es über den Tresen. „Aber nur kurz.“

„Keine Sperre?“ Ringo langte nach dem Telefon, der Imbissmann schüttelte den Kopf.

„Gut so!“ Mit breitem Grinsen steckte Ringo das Handy in die Hosentasche und rief seinem Besitzer zu: „Ich bringe es morgen zurück.“ Dann machte er den Abmarsch.

„Ich glaub', ich spinne." Der Imbissmann wusste gar nicht, wo er zuerst hinschauen sollte. „Lilly! Kannst du mir das erklären? Wat soll der Schiet?"

„Ringo, bitte nicht!" Lilly eilte ihrem Sohn hinterher. „Mach doch deinen Anruf und gut ist."

„Ach, Muttern!" Ringo lachte. „Ist doch nur ein Telefon."

„Wart's ab, du!" Hajo stürmte aus seiner Bude und lief mit großen Schritten zu Ringo, in seiner Faust steckte ein Schlagstock. „Handy her!"

„Lass ihn mal besser, Hajo!", rief Lilly ihm zu.

„Genau." Ringo baute sich breitbeinig vor Hajo auf. „Hör lieber auf sie."

„Gib mir mein Eigentum wieder." Hajo fuchtelte mit dem Schlagstock vor Ringos Gesicht herum.

„Warum so egoistisch?" Ringos Hand schnellte blitzschnell nach vorn und versetzte Imbiss-Hajo einen Schlag auf die Nase. Als nächstes entriss er ihm den Schlagstock und begann, damit auf ihn einzuhauen.

„Aua! Stopp! Bitte hör auf!" Hajo hielt sich die Hände schützend vor das Gesicht. Doch Ringo ließ sich nicht erweichen und hieb laut lachend auf den Mann vom Imbiss ein, bis dieser blutüberströmt zusammensackte.

„Wenn du schon mit so einem Ding um die Ecke kommst, dann darfst du es dir nicht abnehmen lassen, Hajo." Ringo lachte schallend.

„Bitte lass ihn!" Lilly klammerte sich verzweifelt an den Arm ihres Sohns. „Siehst du nicht, wie er blutet?"

„Das hätte er sich vorher überlegen sollen." Ringo sah auf den wimmernden Hajo hinab. „Aber heute will ich mal gnädig sein."

Er schleuderte dem Imbissmann den Schlagstock hin, ging ohne ein weiteres Wort zu dem geraubten Auto, stieg ein und fuhr mit quietschenden Reifen vom Parkplatz.

Auf der Bundesstraße holte er dann alles aus der Kiste raus. Zum Glück hatte die Tussi den Tank noch mal voll gemacht, bevor sie ihm ihren roten Liebling überlassen hatte. Ringo lachte laut. Das Leben konnte so einfach sein. Die Bullen waren nicht in Sicht. Und wenn ihm jemand die linke Spur blockierte, klebte er sich an seine Stoßstange und hupte solange, bis er sich nach rechts verdrückte.

Bei voller Fahrt fischte er das Handy aus der Tasche und hängte es in die Halterung. Dann gab er die Nummer ein. Er wusste sie noch. Das Nummernmerken hatte er sich im Knast angewöhnt. Da gab es keine sicheren Verstecke. Und Kontakte waren reines Gold. Es klingelte... Jemand nahm ab: *„Hallo? Wer ist da?"*

„So, mein Freundchen, nun hör mir mal gut zu!"

„Beruhige dich. Ich..." Doch plötzlich verstummte die Stimme. Ringo sah aufs Display. Es war schwarz.

„Akku schon wieder leer? Das darf nicht wahr sein!" Wutentbrannt wollte er das Handy aus dem Fenster schleudern. Doch im letzten Moment entschied er sich anders und warf es auf den Beifahrersitz. Er müsste ja nur ein Kabel besorgen. Dann würde ihm das Ding vielleicht noch mal nützlich werden…

15

„Entwischt? Was?“ Lydia schrie so laut ins Telefon, dass sämtliche am Tatort versammelten Beamten erschrocken zu ihr blickten. „Das heißt, Sie haben keine Ahnung, wo er steckt?“

„Nein, Frau Westphal. Er ist aus dem Fenster gesprungen.“ Die Stimme am anderen Ende der Leitung zitterte. *„Es tut mir wirklich leid.“*

„Schon gut.“ Lydia verdrehte die Augen. „Haben Sie irgendwelche Anhaltspunkte, was die Fluchtrichtung betrifft?“

„Ähm… Nein, aber wir wissen, dass er einer Frau das Auto geraubt hat. Es handelt sich um einen roten Toyota.“

„Setzen Sie das Revier in Bergen in Kenntnis und geben Sie das Kennzeichen des Autos an die Kollegen weiter. Wir kümmern uns um den Rest“, erwiderte Lydia.

„Alles klar.“

„Wiederhören!“

Lydia legte auf und wählte direkt die nächste Nummer.

„Moin!“ Die Stimme eines Mannes meldete sich. *„Franke von der Hubschrauberstaffel am Apparat.“*

„Westphal vom Sonderdezernat. In Bergen ist ein hochgefährlicher und vermutlich bewaffneter Mordverdächtiger aus dem Krankenhaus geflohen…“

„Falls es um einen Sondereinsatz geht, dann kann ich Ihnen gleich sagen, dass wir momentan keine Maschine freihaben.“

„Und wann wäre das der Fall?“

„Frühestens in zwei Stunden.“

„Echt jetzt!“ Lydia stöhnte auf.

„Ich kann mich gerne melden, wenn es soweit ist.“ Franke hüstelte in die Leitung. *„War es das?“*

„Ja. Ich bedanke mich. Auf Wiederhören!“ Lydias Augen registrierten einen Wagen, der vor dem Grundstück hielt.

Eine junge Frau mit langen dunklen Haaren und knallrotem Lippenstift stieg aus dem Auto. Sie trug ein graues Kostüm und Pumps. Ihre Augen verfingen sich auf Anhieb in Lydias Blick. Lydia nickte ihr zu. Die Frau rief: „Hallo! Elka Henk mein Name. Man lässt mich nicht zum Haus meiner Eltern. Ich soll mich an eine Verantwortliche namens Westphal wenden.“

„Das bin ich.“ Lydia durchquerte den Garten. Nun konnte sie die Frau aus der Nähe betrachten. Aus den großen runden Augen sprachen Trauer und Verzweiflung. Aber irgendetwas sagte Lydia, dass sie den Schmerz nicht erst seit heute fühlte. Er lag tief in ihren gleichmäßigen Gesichtszügen vergraben. Lydia streckte ihr die Hand hin. „Mein herzliches Beileid.“

„Danke.“ Elka zeigte auf mehrere Männer, die gerade die Leichen der drei Frosts abtransportierten. „Und wen hat es hier getroffen?“

„Das Ehepaar Frost und den Sohn Mark.“

„Wer macht so etwas?“ Elka traten die Tränen in die Augen.

„Verzeihen Sie, dass ich direkt darauf zu sprechen komme, aber kennen Sie einen gewissen Ringo Mattei?“

„Mir sagt der Name nichts.“ Elka tupfte sich vorsichtig die Augen trocken. „Wieso? Wer ist das?“

„Ein möglicher Verdächtiger“, erwiderte Lydia. „Wir versuchen, herauszufinden, ob er in irgendeiner Art von Beziehung zu Ihrer Familie stand.“

„Da kann ich leider nichts beitragen…“

„Vielleicht ja doch.“ Lydia lächelte bestimmt. „Helfen Sie uns, den Kontakt zu Ihrem Bruder herzustellen. Vielleicht kannte der diesen Ringo.“

„Lydia!“ Das kräftige Organ eines Mannes hallte zu den beiden Frauen herüber. Es gehörte Doktor Behner. „Die Obduktionen finden in einer Stunde statt.“

„Entschuldigen Sie bitte!“ Lydia strich Elka sanft über den Oberarm. „Ich muss da mal was klären. Würden Sie bitte derweil versuchen, Ihren Bruder irgendwie zu erreichen?“

„Ja.“ Elka nickte zögerlich und zog ihr Smartphone aus der Tasche.

Lydia wandte sich an Behner. „Sandro, wäre es möglich, die Obduktionen aufzuteilen? Ich denke, fünf Leichen auf einmal sind zu viel für mich.“

„Aufteilen? Wie stellst du dir das vor?“

„Na ja, wir machen erst eine Leiche, dann übernimmt Konrad die zweite und morgen geht es dann weiter.“

„Soll das bis Weihnachten gehen?“ Sandro verschränkte die Arme vor der Brust. „Ich wollte die fünf eigentlich in einem Abwasch erledigen.“

„Meinetwegen können wir mit dem Henk-Ehepaar beginnen... Aber mehr als zwei Leichen schaffe ich wirklich nicht auf einmal.“

„Mal sehen“, knurrte Behner. „Aber bitte pünktlich sein. Ich will in einer Stunde anfangen.“

„Ja, ja.“ Während Lydia dabei zusah, wie der Rechtsmediziner in seinen Wagen stieg, gingen ihr die Sticheleien der letzten Jahre in den Kopf. Sandro hatte immer wieder versucht, ihr das Leben schwer zu machen, indem er ständig an ihr herumkrittelte, sie bei ihren Vorgesetzten anschwärzte und Gerüchte über sie in Umlauf brachte. Und dabei hatte ihre Zusammenarbeit einmal so gut begonnen... Langsam drehte sie sich zu Elka Henk. Die Tochter des ermordeten Ehepaares hielt ihr Handy in der Hand. In ihren Augen lag ein seltsamer Ausdruck.

„Und? Konnten Sie Ihren Bruder erreichen?“, erkundigte sich Lydia.

„Leider nein.“ Elka schüttelte den Kopf. „Sein Telefon ist aus.“

„Mmh…“ Lydia runzelte die Stirn. „Wissen Sie, ob ihn die Todesnachricht überhaupt schon erreicht hat?“

„Ähm…“ Elka biss sich auf die Unterlippe. „Ich kann es mir denken. Es war ja überall in den Nachrichten. *Das Massaker im Norden…*“

„Wohnt er in seiner offiziellen Meldeadresse in Binz?“

„Ähm… Ja. Aber manchmal schläft er auch in einer der Ferienwohnungen unseres Vaters.“

„Wenn ich mich nicht irre, kommt dafür eine ganze Reihe Unterkünfte in Betracht.“ Lydia warf die Stirn in Falten. „Wissen Sie zufällig, in welcher genau er sich aufhalten könnte?“

„Nein.“ Elka sah zu Boden.

16

Es ging bereits gegen zwanzig Uhr, als Lydia ihren Wagen vor dem Rechtsmedizinischen Institut Stralsund parkte. Die Abendsonne hatte sich hinter ein paar Wolken zurückgezogen. Vom nahen Strelasund her wehte ein gleichmäßiger lauer Wind. Aber der allseits erwartete Regen würde wohl doch nicht kommen.

Kaum war Lydia die Treppe zum Haupteingang des Institutsgebäudes hinaufgestiegen, kam Sandro Behner ihr auch schon entgegen. Er tippte sich ans Handgelenk. „Du hättest vor einer halben Stunde schon hier sein sollen."

„Entschuldige! Ich hatte noch ein wichtiges Zeugengespräch mit der Tochter des Henk-Ehepaares. Und eine Kleinigkeit essen musste ich auch, bevor ich mir das hier gebe."

„Ich weiß nicht, warum sie dir das Sonderdezernat übertragen haben." Behner schüttelte den Kopf. „Du hast doch schon einmal gezeigt, dass du mit dem Job überfordert bist."

„Ich würde gerne mit der Arbeit anfangen." Lydia zeigte in den Gang, der zum Obduktionssaal führte. „Bitte nach dir."

Behner öffnete die Tür zum Obduktionssaal und sagte:. „Ich habe schon mal angefangen…"

„Und?" Lydia trat hinter Behner in den hellausgeleuchteten Raum. Sofort stach ihr ein starker Leichengeruch in die Nase. Dieser süßliche und käsige Geruch, der so typisch war und den Lydia so unausstehlich fand. Dann sah sie, warum es so stank.

Neben den drei großen fest installierten Obduktionstischen mit Abfluss und eigener Beleuchtung standen zwei kleine bewegliche Metallliegen. Das ergab insgesamt fünf Plätze. Auf jedem lag eine entkleidete Leiche. Es handelte sich um Egon, Evelin und Mark Frost sowie um Klaas und Lotte Henk.

„Ich hatte dich doch darum gebeten…" Lydias Augen huschten über die aufgereihten Körper der Toten mit der bleichen Haut, den zusammengefallenen Gesichtern und den Einschusslöchern, die wie aufgemalt wirkten.

„Selbst schuld, wenn du mich warten lässt." Ein gehässiges Grinsen verformte Behners Gesicht zu einer Fratze. „Und was hast du eigentlich gegen fünf Leichen auf einmal? Es ist doch nun egal, in welcher Präsentation du sie beschnuppern darfst. Meinst du, die sehen alleine anders aus?"

„Ich hatte dich darum gebeten, weil…" Lydia zerrte ein Taschentuch hervor und hielt es sich vor Nase und Mund. „Als ich das letzte Mal vier Leichen auf einmal vor mir hatte, konnte ich tagelang nicht schlafen. Ich weiß nicht, wieso, aber ich will sie nicht auf einmal sehen. Der Anblick macht etwas mit mir. Er tut mir nicht gut."

„Du bist lange genug bei der Polizei. So langsam könntest du dich ja auch mal daran gewöhnen."

„Es gibt einfach Dinge..." Lydia schloss die Augen. Doch die fünf Leichen waren nach wie vor da. Und genau dort würden sie auch bleiben. Nämlich in ihrem Kopf. „Die sind nach wie vor unerträglich..."

„Bist wohl sensibler geworden mit den Jahren?"

„Du hast deinen Beruf gewählt und ich meinen." Lydia sah Sandro fest in die Augen. Sie war nicht nur sensibler geworden, was Leichen betraf. Auch mit Arschlöchern kam sie immer schlechter zurecht. „Wenn ich gern mit Toten spielen würde, wäre ich Rechtsmedizinerin geworden."

„Ich spiele nicht."

„Okay. Dann verrate mir, was du herausgefunden hast."

„Die Todesursache aller Opfer sind multiple Schussverletzungen. Durch Temperaturmessungen an den Leichen hatten wir ja schon am Tatort ermittelt, dass die Henks aller Wahrscheinlichkeit nach vor den Frosts ermordet wurden." Behner warf einen Blick über die Schulter hin zu den Obduktionstischen. „Außerdem hat der Täter bei allen Opfern eine Neun-Millimeter-Pistole verwendet. Die Schussentfernung betrug zwischen einem und zehn Metern."

„Was ist mit dem Toxscreen?“

„Der steht noch aus.“

„Okay. Ich denke, das reicht mir erstmal.‘ Lydia drehte sich um und verließ den Obduktionssaal. Sie hatte ihre Entscheidung gefällt.

„Warte!“ Sandro kam ihr hinterhergestürmt. „Wir sind doch noch gar nicht fertig.“

„Ich habe genug Infos, mit denen ich weiterarbeiten kann.“ Lydia schüttelte den Kopf. „Ich gehe da nicht mehr rein. Es reicht, wenn deine Assistenten dabei sind. Ruf mich einfach an, falls du was findest. Tschüss!“

„Ist das dein Ernst?“, rief Behner ihr hinterher. „Bist du jetzt komplett durchgeknallt?“

Lydia behielt die Antwort auf diese Frage für sich.

17

Nachdem Elka Henk die Leichen ihrer Eltern gesehen und identifiziert hatte, war sie an den Nordperd gefahren. Sie hatte den Wagen auf dem Parkplatz eines kleinen Hotels abgestellt, sich Turnschuhe angezogen und war dann bis an die Spitze der Landzunge gelaufen. Ein paar Minuten lang hatte sie die herrliche Aussicht von der Steilküste genossen, die im Süden bis nach Usedom und im Norden bis zum Kreidefelsen reichte. Dann hatte sich die Nacht langsam über die Ostsee gesenkt. Das Rauschen der Wellen hatte zugenommen. Es hatte ihr dabei geholfen, sich zu sammeln, während ihr der kühle Abendwind die Tränen getrocknet hatte. Sie war bereit... Langsam zog sie ihr Smartphone aus der Tasche und wählte eine Nummer. Nach mehrmaligem Klingeln meldete sich die Stimme eines Mannes am anderen Ende der Leitung. *„Hallo?“*

„Torben?“

„Ich weiß Bescheid.“

„Können wir uns treffen?“

„Ich bin im alten Wiek-Hus. Du weißt ja, wo...“

„Ja. Bis gleich.“

„Aber park hinterm Haus.“

Während Elka den Hochuferweg zum Parkplatz zurückmarschierte und sich in den Wagen setzte, dachte sie über das alte Wiek-Hus nach. Ihr Vater hatte das stillgelegte Gasthaus vor über vielen Jahren gekauft, um es wieder in Betrieb zu nehmen. Später hatte er sein Vorhaben aufgegeben und dort lediglich zwei kleine Ferienwohnungen eingerichtet. In eine davon zog sich Torben regelmäßig zurück, wenn ihn der Alte mal wieder fertig gemacht hatte.

Als Elka durch den kleinen Ort Middelhagen fuhr, passierte es. Ganz plötzlich. Längst vergessene Bilder tauchten in ihrem Kopf auf. Sie sah sich selbst, ganz in weiß, wie sie an einem heißen Samstagnachmittag im August einen Feldweg entlanglief, links der Weizen, rechts die Salzwiesen, ganz hier in der Nähe. Die Sonne flimmerte in den Ähren, die Grillen zirpten und ab und an fuhr ihr der frische Küstenwind unter den Faltenrock. Am Horizont, von Middelhagen kommend, näherte sich eine Staubwolke. Mittendrin die glitzernde Karosserie eines Autos. Elka stellte sich an den äußersten Wegrand, um abzuwarten, bis es vorbei war. Und je näher das Auto kam, desto weiter entfernte sie sich vom Weg, weil sie nicht wollte, dass ihr weißer Rock einstaubte. Als das Auto schließlich auf ihrer Höhe war, stand sie schon fast im Weizenfeld. Doch anstatt vorbeizufahren, hielt es an.

Elka starrte in die getönte Seitenscheibe und versuchte vergeblich, dahinter jemanden auszumachen.

Ihr Herz schlug immer schneller. Die Fahrertür öffnete sich langsam, ein maskierter Mann stieg aus und blickte die Straße hinunter, die Hand auf dem Türrahmen, bei laufendem Motor. Sein Blick wanderte den Feldweg entlang und schweifte über die Salzwiese und das Weizenfeld. Bis er sich schlagartig zu ihr drehte, das Gesicht hinter der schwarzen Skimaske verborgen. Nur die braunen Augen schauten feige zwischen den Schlitzen hervor. Elka schrie und lief ins Feld hinein.

Aber natürlich hatte das vierzehnjährige Mädchen keine Chance. Er kam über sie mit seinen ungepflegten Händen, seinem Schweißgeruch und dem Röcheln unter dem dicken Stoff der Maske. Er beschmutzte ihren Faltenrock und zerriss ihre Bluse. Am Ende ließ er sie liegen, wie Abfall.

Die Wochen darauf waren eine Hölle aus Einsamkeit und Schmerz gewesen. Tagsüber hatte sie sich nichts anmerken lassen. Die Nächte hatte sie weinend verbracht. Vor lauter Scham und Angst hatte sie zu niemandem sprechen können. Jede körperliche Nähe war ihr unerträglich geworden. Sie hatte begonnen, einen unbeschreiblichen Ekel vor sich selbst und vor anderen zu empfinden. Bei jeder Gelegenheit hatte sie sich geduscht, doch das Gefühl, schmutzig zu sein, hatte einfach nicht nachlassen wollen. Bis sie die Hausbar ihrer Eltern entdeckt hatte. Der Alkohol hatte geholfen.

Doch die Schnapsvorräte waren nicht unendlich gewesen und irgendwann war ihre Mutter zu ihr gekommen, um sie zur Rede zu stellen. Kaum hatte Elka den ersten Satz gesprochen, hatte ihre Mutter den Vater dazu geholt. Danach hatte es Stunden gedauert, bis alles raus gewesen war. Am Ende hatten ihre Eltern jedes noch so kleine Detail gekannt. Welche Farbe das Auto gehabt hatte, wie groß der Mann gewesen war, welche Kleidung er getragen hatte... Ihr Vater hatte auch nach der zerrissenen Bluse und der Unterwäsche gefragt. Doch die hatte Elka längst weggeworfen.

Am nächsten Tag war ihre Mutter mit ihr zu Frau Doktor Leffer gefahren. Elka konnte sich genau daran erinnern, was die Gynäkologin gesagt hatte: „Elka hat eine Kohabitationsverletzung an der Scheidenwand und ein gerissenes Hymen." Der Vergewaltiger hatte sie entjungfert.

Am Abend darauf hatte ihr Vater sie zu sich gerufen und ihr mehrere Fotos von Autos gezeigt. Elka hatte die Bilder nicht lange ansehen müssen. Sie hatte das Auto ihres Vergewaltigers anhand eines Aufklebers an der Frontscheibe erkannt. Dann hatte sie ihren Vater gefragt, ob er den Besitzer des Wagens kenne und er hatte nichts darauf erwidert. Stattdessen hatte er ihr erklärt, dass sie nicht zur Polizei gehen könnten, da sie ja sowieso keine Beweise hätten. „Wir regeln das auf unsere Weise", hatte er gesagt und sie hatte es nicht hinterfragt. So wie ein vierzehnjähriges Mädchen es eben hinnimmt, wenn der Vater etwas anordnet. Heute wusste sie, dass er gelogen hatte.

Ihr Vater hatte den Täter sehr wohl identifiziert. Und er hatte sich gerächt. Denn ihr Vater hatte noch nie verziehen. Das war nicht seine Art gewesen. Torben konnte ein Lied davon singen.

Nur wie war die Rache für seine vergewaltigte Tochter ausgefallen? Hätte sie nicht geräuschvoll sein müssen? Hätten nicht alle etwas davon mitbekommen müssen? Sie hatte es nie erfahren...

Während ihre Gedanken um Schmerz und Rache kreisten, war Elka am Wiek-Hus angelangt. Licht brannte keins. Aber der weiße Putz schimmerte im schwachen Licht des Mondes. Gespenstisch erhoben sich die dunklen Umrisse des Gartens. Sie steuerte den Wagen über einen schmalen grasbewachsenen Fußweg auf die Rückseite des Hauses. Dann stieg sie aus und betrat das zaunlose Grundstück. Zwischen zwei Sträuchern erblickte sie Torbens Motorrad. Eine Stimme drang aus dem Dunkeln zu ihr: „Bist du allein?"

„Ja." Elkas Augen wanderten zum Haus. In der schmalen Hintertür zeichneten sich seine Umrisse ab.

„Ist dir auch wirklich niemand gefolgt?"

„Wieso fragst du das, Torben?" Elka schob sich an ihrem Bruder vorbei ins Haus. „Was sollen die ganzen Vorkehrungen?"

„Das war kein gewöhnlicher Raubüberfall", sagte er. Gemeinsam durchquerten sie einen beengten Korridor und gelangten in das schwach beleuchtete Wohnzimmer. „Dazu waren es zu viele Tote.“

„Vielleicht hatte der Alte ja geheime Bargeldreserven?“ Elka wusste, dass ihr Vater einige langjährige Stammgäste gern in bar abkassiert hatte, an der Steuer vorbei. Ihr Blick wanderte zu dem Couchtisch mit dem großen Aschenbecher in der Mitte. „Hast du was zu trinken da?“

„Kann sein.“ Torben ging an einen kleinen Barschrank, öffnete ihn und langte nach einer Flasche. „Küstennebel?“

„Hast du Eis?“ Elka nahm auf einem der Sessel Platz.

„Nein.“ Torben füllte zwei Gläser mit dem Anislikör. „Bei den Frosts sind alle draufgegangen. Bis auf dieses Mannweib Alex.“

„Red nicht so.“ Elka nahm das Glas entgegen und stürzte den Inhalt in einem Zug herunter.

„Stehst du jetzt auf deren Seite, oder was?“ Torben nippte an seinem Glas.

„Alex hat genauso ihre Eltern verloren wie wir.“

„Das ist mir egal.“ Torben schüttelte den Kopf. „Für mich ist und bleibt sie eine von denen.“

„Tu doch nicht so, als ob dir unsere Eltern am Herz gelegen hätten.“ In Elkas Augen blitzte es auf.

„Das haben sie auch nicht. Aber die Frosts sind trotzdem unsere Feinde.“

„Ich werde Alex in diesen Tagen kontaktieren. .“

„Du spinnst doch." Torben tippte sich an die Stirn.

„Du bist derjenige, der spinnt." Elka stand auf und ging an die Bar. „Wie kannst du nach all den Jahren noch an diesen bescheuerten Familienstreit denken?"

„Ich habe meine Gründe..." Torben griff nach der Schachtel Zigaretten, die vor ihm auf dem Couchtisch lag. „Vielleicht haben die Morde ja damit zu tun."

„Aber es ergibt doch keinen Sinn, dass beide Familien ermordet wurden." Elka goss sich den nächsten Küstennebel ein.

„Vielleicht fehlt dir ja eine wichtige Information?" Torben steckte sich die Zigarette an.

„Was meinst du?" Elkas Hand ruhte auf der Likörflasche.

„Ich kann es dir noch nicht sagen." Er ließ den Qualm langsam durch die Nase entweichen. „Aber wir sollten vorsichtig sein und abwarten. Am besten, du bleibst ein paar Tage hier bei mir."

„Ich wusste gar nicht, dass du so krass unter Verfolgungswahn leidest." Elka schenkte sich bereits das dritte Glas ein.

„Und ich hatte keine Ahnung, dass du wieder trinkst."

„Was erwartest du?" Elkas Augen wurden feucht. Ihre Hand umklammert noch immer die Flasche. „Dass ich Freudensprünge mache?"

„Reiß dich zusammen." Torben stand auf und nahm ihr den Likör weg. „Wir brauchen einen klaren Kopf für das, was da auf uns zukommt..."

18

Lydia saß in dem Kleinwagen, der ihr als Ersatz diente, bis ihr Volvo wieder fahrtüchtig sein würde. Sie befand sich auf dem Weg nach Hause und war die ersten zehn Minuten der Fahrt außerstande gewesen, Konrad anzurufen. Der Anblick der aneinander gereihten Leichname und der Streit mit Behner hatten ihr inneres Gleichgewicht ordentlich durcheinandergebracht. Auf der Rügendamm-Brücke wählte sie dann endlich seine Nummer.

„*Moin!*“ Die Stimme des Kollegen schallte kratzig aus dem Ersatzhandy, das Nina ihr geschickt hatte. „*Was gibt es?*“

„Ich habe die Obduktion abgebrochen…“ Lydia warf einen Blick zu den Lichtern der Schiffe und Boote, die auf dem Meeresarm zwischen Rügen und dem Festland unterwegs waren.

„*Warum?*“

„Behner fand die Idee, dass wir beide uns abwechseln, nicht gut. Er wollte alle fünf Leichen in einem Rutsch obduzieren.“

„*Und das gefiel dir wieder nicht, nehme ich an.*“

„Ja. Aber es war auch seine ganze Art und Weise. Ich ertrage ihn einfach nicht.“

„Kein Problem. Überlass das mal mir.“

„Sicher?“ Lydia verließ die Brücke und passierte Altefähr.

„Ich kann sofort hinfahren.“

„Danke, aber das musst du nicht. Ich habe dem Behner gesagt, er soll sich melden, falls er was findet. Dann fährt einer von uns beiden eben vorbei.“

„Mmh… Ich würde trotzdem gerne hin… Nur zur Sicherheit. Wegen der Probezeit, du weißt schon. Nicht, dass er uns aus der Sache noch einen Strick dreht.“ Türgeräusche und ein Schlüsselklappern drangen durch die Leitung. *„Aber es gibt da noch was zu unserem Freund Ringo. Nina hat es herausgefunden.“*

„Schieß los!“

„Ringo Mattei hatte in der Vergangenheit sowohl mit den Henks als auch den Frosts zu tun.“

„Inwiefern?“

„Er ging zehn Jahre lang zusammen mit Elka Henk in eine Klasse. Bis er schließlich von der Schule flog. Einzelheiten sind aus der Zeit leider nicht überliefert. Aber zehn Jahre sind viel… Nina findet sicher noch etwas.“

„Mmh… Mir hat Elka gesagt, dass sie ihn nicht kennt. Aber vielleicht konnte sie sich ja nach so vielen Jahren wirklich nicht mehr erinnern“, erwiderte Lydia. „Und was war mit den Frosts?“

„Tja... Du wirst Augen machen." Konrad ließ ein Zungenschnalzen vernehmen. *„Ringo Mattei und Mark Frost haben sich vor einigen Jahren bei einem Einbruch erwischen lassen."*

„Ach!", rief Lydia laut aus. „Die zwei waren also Arbeitskollegen?"

„Allerdings mit unterschiedlichen Fachrichtungen. Während Ringo auf Raub, Betrug und Diebstahl spezialisiert ist, fiel Mark fast ausschließlich mit Sexualdelikten und Drogenbesitz auf."

„Bis auf den gemeinsamen Einbruch..."

„Genau. Das könnte damit zu tun gehabt haben, dass sie in die Wohnung eines Drogendealers rein sind."

„Dann war das wohl der gemeinsame Nenner." Lydia blickte auf ihr Display. Sie bekam einen Anruf vom Polizeirevier Bergen herein. „Konrad, entschuldige bitte... Kann ich dich später noch mal anrufen?"

„Geht klar", erwiderte Konrad.

„Danke dir. Und lass dich bloß nicht von Behner unterbuttern."

Sie legte auf und nahm den Anruf aus Bergen entgegen. „Westphal?"

„Reeter hier", meldete sich eine weibliche Stimme.

„Was gibt es?"

„Vor etwa einer halben Stunde war ein gewisser Dirk Walter hier und wollte Sie sprechen."

„Das ist der Mann, der heute morgen die Leichen der Henks entdeckt hat. Den hatte ich ja ganz vergessen“, entgegnete Lydia. „Warum haben Sie mich nicht sofort informiert?“

„Das muss in dem ganzen Trubel untergegangen sein. Was meinen Sie, was heute auf der Wache los war? Es sind bestimmt fünfzig Leute hier gewesen, um uns Hinweise zu geben.“

„Verstehe. Wissen Sie, wo sich Herr Walter jetzt aufhält?“

„Nein, aber der Kollege Rödersen hat mit ihm persönlich gesprochen... Ich kann ihn an den Apparat holen, wenn Sie mögen.“

„Gern.“ Lydia passierte das Ortseingangsschild von Bergen. Aus der Leitung drang ein mehrfaches Knacken. Irgendwann erklang erneut Reeters Stimme. *„Hallo? Sind Sie noch dran, Frau Westphal?“*

„Ja. Ist Herr Rödersen nun zu sprechen?“

„Der hat bereits Dienstschluss.“

„Dann geben Sie mir bitte die private Nummer des Kollegen.“

„Ich will aber keinen Ärger.“

„Fünf Menschen wurden erschossen“, erwiderte Lydia. „Der Ärger ist also schon da.“

„Ähm... Warten Sie bitte.“ Wieder ertönten die Hintergrundgeräusche der Dienststelle in der Leitung. Lydia war mittlerweile am Revier Bergen angelangt und parkte direkt auf dem Bürgersteig vor dem

Haupteingang. Dann meldete sich Reeter erneut. *„Ich habe den Kollegen für Sie erreicht und stelle ihn durch...“*

„Danke.“ Lydias Finger trommelten wild auf dem Lenkrad herum.

„Hallo?“ Die verschlafene Stimme eines Mannes meldete sich. *„Sie wollten mit mir sprechen?“*

„Es geht um Herrn Walter. Ich muss wissen, was er auf dem Revier wollte.“

„Das hat er mir leider auch nicht verraten. Er meinte, er würde nur mit der Mordermittlerin persönlich reden.“

„Hat er eine Telefonnummer hinterlegt, unter der man ihn erreichen kann?“

„Nein, aber eine Adresse.“ Ein Rascheln drang aus der Leitung. Dann fuhr Rödersen fort: *„Schwedenstraße 23 in Binz.“*

„Gut. Ich danke Ihnen.“ Lydia legte auf, heftete das Magnetblaulicht aufs Dach und startete den Motor.

*

Eine knappe Viertelstunde später hielt sie vor einem dreigeschossigen Haus in klassischer Bäderarchitektur. Mehrere Scheinwerfer warfen ihr Licht auf eine weißgetünchte Fassade mit verzierten Balkonen und Giebeln, Halbsäulen und floralen Ornamenten. Lydia trat an das Tor zu dem schmalen Vorgarten, suchte den Namen „Walter“ und drückte die Klingel. Aus den

Augenwinkeln nahm sie wahr, dass hinter ihr ein Auto hielt. Eine stark geschminkte Frau in einem hautengen pinkfarbenen Kleid mit Leopardmuster stieg aus, blieb kurz auf Lydias Höhe stehen, warf ihr einen bösen Seitenblick zu und stieß dann das Gartentor auf. Im gleichen Moment öffnete sich die Haustür und Herr Walter erschien. Der mittelgroße Mann trug Hemd und Jeans. Er stierte auf die Frau im Leopardendress. In seinem runden bartlosen Gesicht mit Doppelkinn lag ein Ausdruck von Überraschung. Er fuhr sich mit der Hand durch das volle braune Haar. „Was machst du denn hier, Mara?"

„Wer ist das?" Die Frau namens Mara zeigte auf Lydia. „Deine Neue?"

„Ach, Mara..." Herr Walter stieß einen Seufzer hervor.

„Moin, Herr Walter!", rief Lydia dazwischen. „Sie wollten mich sprechen."

„Herr Walter! Herr Walter!" Mara drehte sich zu Lydia und neigte den Kopf zur Seite. „Jetzt tut sie auch noch so, als würde sie ihn siezen."

„Es reicht, Mara!" Herr Walter ging mit erhobenen Händen auf die Frau mit dem Leopardendress zu. Wie ein Zirkusdompteur, der sich einem gefährlichen Raubtier nähert, dachte Lydia. Plötzlich drehte sich Mara zu ihr um. „Wer bist du? Sag schon!"

„Westphal mein Name." Jetzt war sie die Dompteurin. Lydia konnte sich ein Lächeln nicht verkneifen. „Ich bin von der Kripo."

„Grinse noch so bescheuert!" Die Leopardin machte einen Schritt auf Lydia zu. Sie schien zum Sprung anzusetzen.

„Bitte bleiben Sie ruhig, Mara."

„Du hast mir überhaupt nichts zu befehlen." Mara streckte Lydia den Mittelfinger entgegen. „Und jetzt verschwinde!"

„Mara! Du handelst dir gerade richtig Ärger ein", meldete sich Herr Walter aus der zweiten Reihe. Maras Reaktion darauf bestand aus wildem Geschrei und urplötzlichen Rundumschlägen, von denen Lydia einen kassierte, und zwar direkt auf die Nase. Ihr wurde schwindelig und sie stolperte rückwärts in den Vorgarten.

Herr Walter versuchte, die wildgewordene Leopardenfrau zu beruhigen. „Das darfst du doch nicht machen, Mara. Die Frau ist von der Polizei."

„Ihr beide könnt was erleben! Mit wie vielen Weibern willst du mich denn noch betrügen!" Die Leopardenfrau brüllte wie am Spieß, während sie sich unter dem Griff von Herrn Walter wand. Als Lydia wieder klar sehen konnte, rief sie zuerst Verstärkung. Dann holte sie die Handschellen aus dem Auto. Mit vereinten Kräften fesselten sie und Walter die Frau, die dann die verbleibenden zehn Minuten bis zum Eintreffen der Kollegen bäuchlings und laut schimpfend auf dem Gehweg vor der Bädervilla lag.

*

„Es tut mir leid.“ Herr Walter blickte dem Streifenwagen hinterher, der Mara aufs Revier brachte. „Wie geht es Ihrem Gesicht?“

„Es scheint nichts gebrochen zu sein.“ Lydia taste vorsichtig nach ihrer blutverschmierten Nase. „Wer war diese Frau?“

„Meine Ex.“

„Na ein Glück!“ Lydia lächelte.

„Wir waren nur kurz zusammen. Und das ist auch schon wieder einen Monat her.“ Walter schüttelte den Kopf. „So langsam könnte sie mich mal in Ruhe lassen.“

„Ja, da steckt man nicht drin. Ich hoffe, Sie können das bald regeln.“ Lydia musterte den Immobilienverwalter mit seinen Fettpölsterchen an Hals und Brust, den weichen Gesichtszügen und den Ringen an den manikürten Fingern. In dem tiefen haarlosen Männerdekolletee glänzte eine Goldkette und am Handgelenk prangte eine klobige Uhr. Irgendetwas sagte Lydia, dass die Leopardenfrau nicht komplett grundlos aus der Fassung geraten war. „Aber nun verraten Sie mir doch bitte, warum Sie mich sprechen wollten.“

„Ich schätze, Sie gehen davon aus, dass das Ehepaar Henk zwei Kinder hatte, nicht wahr?“ Walter zog die gezupften Augenbrauen hoch.

„Elka und Torben.“ Lydia verschränkte die Arme. Nach Rätselraten war ihr eigentlich nicht zumute.

„Dachte ich es mir doch.“ Walter grinste verschwörerisch. „Aber das waren noch nicht alle. Knut Henk hatte nämlich noch einen unehelichen Sohn namens Marvin Seedorn…“ Ein Handyklingeln unterbrach ihn. Lydia sah auf ihr Smartphone. Es war ihre Tochter Marija. Sie stellte sie auf lautlos. „Fahren Sie fort, Herr Walter.“

„Der Junge ist zweiundzwanzig Jahre alt und lebt in Rostock. Mit seinem Vater steht er seit Jahren auf Kriegsfuß. Oder besser gesagt, stand… Soweit ich weiß, ging es um Geld. Angeblich schuldete Knut seinem Sohn über zehntausend Euro Unterhalt.“

„War da auch Gewalt im Spiel?“

„Herr Henk hatte Angst vor seinem Sohn.“

Lydia schickte sofort eine Nachricht an Nina. Die sollte sich um diesen Marvin Seedorn kümmern.

19

„Du fährst besser nicht mehr, Elka." Torben stand in der Tür und sah seiner Schwester dabei zu, wie sie durch den dunklen Garten zu ihrem Wagen ging.

„Das waren zwei kleine Liköre. Mehr nicht." Elka öffnete die Autotür. „Außerdem will ich nach Hause."

„Du kannst ja auch hier schlafen." Torben zeigte ins Haus.

„Unsinn!"

„Es wäre sicherer für uns beide…"

„Du bist paranoid." Elka setzte sich auf den Fahrersitz. „Genauso wie früher."

„Und du weißt alles besser." Torben kniff die Lippen zusammen. „Auch wie früher."

„Tschüss!" Elka zog die Autotür zu. Aus den Augenwinkeln sah sie, wie ihr Bruder im Haus verschwand. Kaum hatte er die Wohnungstür hinter sich zugezogen, begannen ihr die Tränen über die Wangen zu rollen. Anstatt den Wagen zu starten, legte sie die Stirn auf das Lenkrad. In ihrem Kopf tauchten Bilder aus ihrer Kindheit auf. Sie erinnerte sich daran, wie der Vater Torben heruntergeputzt hatte. Wie er ihm eingeredet hatte, dass er zu nichts nütze sei, wie er ihn geschlagen hatte... Und dabei hatte Torben doch immer alles getan, um dem Vater zu genügen. Aber es hatte nie gereicht. Nicht in der Schule, wo er ohne Abschluss geblieben war. Nicht im Fußballverein, wo ihn der Trainer immer nur auf der Ersatzbank hatte sitzen lassen. Nicht zu Hause, wo er ständig Schaden angerichtet hatte. Wie oft hatte Torben den Schlüssel verloren, das Einkaufsgeld verbummelt, Geschirr zerschlagen und Kleidung zerrissen? Damals war es Elka so vorgekommen, als wäre ihr Bruder nicht für diese Welt gemacht gewesen.

Und trotz allem hatte er als Erwachsener gelernt, mit den einfachen Dingen des Lebens klarzukommen und Verantwortung zu übernehmen. Den Anfang hatten Botengänge für den Vater und Putzjobs in den Ferienwohnungen gemacht. „Da kannst du nicht viel falsch machen", hatte der Vater zu Torben gesagt. Dann waren die Maler- und Reparaturarbeiten dazu gekommen. Und Elka wusste auch von Aufträgen, die geheim geblieben waren...

Ein Geräusch riss sie aus ihren Gedanken. Sie hob den Kopf. Durch einen Schleier aus Tränen sah sie, wie eine dunkle Gestalt das Haus durch die Hintertür betrat. Sie wischte sich die Augen trocken und blickte erneut hin. Doch da regte sich nichts mehr. Hatte ihr ihre Einbildung einen Streich gespielt? Oder hatte dort gerade ein Fremder das Haus betreten? Was wäre, wenn Torben recht gehabt hatte und jemand hinter ihnen her war? Doch wer konnte das schon sein?

Plötzlich ertönte ein Knall, dann noch einer. Eine Scheibe ging zu Bruch. Waren dort drinnen gerade Schüsse gefallen? Mit zitternden Händen suchte Elka ihr Handy. Doch sie fand es nicht. Sie musste es im Haus vergessen haben. Panisch drehte sie den Autoschlüssel und startete den Motor. Ihre Hand wanderte zum Schaltknüppel und sie legte den Rückwärtsgang ein. Dann gab sie Gas und der Wagen machte einen Satz. Abgewürgt! Sie versuchte es noch einmal. Doch der Motor wollte nicht mehr angehen. Sie riss die Tür auf, sprang aus dem Auto und lief in die Nacht hinein. Hinter sich hörte sie Schritte…

20

Nach dem Gespräch mit Walter war Lydia nach Hause gefahren und hatte sich hingelegt. Nun versuchte sie bereits seit einer Stunde zu schlafen, doch das komplette Personal des Tages geisterte noch in ihrem Kopf herum. Besonders Sandro Behner und Ringo Mattei taten alles, um sie wach zu halten. Mit einem passiv-aggressiven Ton in der Stimme feuerte der Rechtsmediziner einen Vorwurf nach dem anderen auf sie ab. Mattei hingegen stand still da, stierte sie mit finsterem Blick an und fuhr sich immer wieder mit dem Daumen über die Kehle.

Als Lydia es nach der zigsten Atemübung trotzdem geschafft hatte, die beiden endlich aus ihrem Kopf zu verbannen, hörte sie, wie jemand die Tür ihres Hauses aufschloss und eintrat. Von einer Millisekunde auf die andere war sie wieder hellwach. Und diesmal drängte sich jemand anderes in ihre Gedanken. Und zwar mit Wucht!

„Das ist Marija!“ Wie hatte sie ihre Tochter nur vergessen können? Wo sie doch heute morgen schon angekündigt hatte, dass sie bei ihr übernachten wollte. Und Marijas letzten Anruf hatte Lydia auch ignoriert.

Sie warf die Bettdecke zurück und stand auf. Langsam öffnete sie die Schlafzimmertür und knipste das Licht im Flur an. Dort stand Marija. Die Ringe unter ihren Augen schienen etwas dunkler zu sein als sonst. Das lange braune Haar wirkte ungewaschen. Die dünnen Beine ragten aus einer fransig abgeschnittenen Jeans heraus. Ein Schnürsenkel baumelte offen an den Stiefeletten herunter.

„Hi!“ Lydia ergriff Marijas Hand.

„Jetzt kannst du mich nicht mehr ignorieren, was?“

„Es tut mir leid.“

„Ich habe den ganzen Tag versucht, mit dir zu sprechen.“

„Es gab viel zu tun.“ Lydia zeigte in Richtung Küche. „Komm mit. Ich mache uns einen Tee.“

„Viel zu tun... Das habe ich schon mal gehört.“ Marija folgte ihrer Mutter. „Und ewig grüßt das Murmeltier.“

„Ich bin zurück im Sonderdezernat. Und vielleicht hast du heute mal in die Nachrichten geschaut.“ Lydia nahm den Wasserkocher und machte ihn voll.

„Die interessieren mich nicht.“ Marija ließ sich auf einen Küchenstuhl fallen. „Mir geht es selbst schon schlecht genug.“

„So kann man das auch sehen.“ Lydia holte zwei Tassen aus dem Schrank. Dann öffnete sie eine Schublade. „Welche Sorte willst du? Beruhigungstee?“

„Was muss eigentlich passieren, damit du meine Sorgen auch mal ernst nimmst?“

„Das tue ich." Lydia nahm den Baldriantee heraus. Der Geruch von eingeschlafenen Füßen machte sich breit.

„Du hast erst Zeit für mich, wenn ich im Leichenschauhaus liege, oder?"

„Marija, ich bitte dich!" Lydia versuchte krampfhaft, sich an das zu erinnern, was Marija ihr heute morgen am Telefon erzählt hatte. Hatte es sich nicht um irgendeinen Steffen gedreht? „Wolltest du heute nicht zu... Steffen?"

„Er heißt Steven. Und nein, ich kann nicht zu ihm, weil wir uns gestritten haben."

„Sorry..." Das Wasser hatte gekocht. Lydia goss den Tee auf und schielte nach der Wanduhr.

„Willst du gar nicht wissen, worum es bei dem Streit ging?"

„Ähm... Worum denn?"

„Um Selbstjustiz." Marija stand auf und holte ein Glas Honig aus dem Hängeschrank. Sie schien langsam lebendig zu werden... „Steven findet es gut, wenn man sich für ganz schlimme Sachen rächt, zum Beispiel Vergewaltigung oder Kindesmissbrauch."

„Das ist es natürlich nicht."

„Genau davon wollte ich ihn auch überzeugen. Aber er hat sich einfach stur gestellt. Das hat mich so wütend gemacht."

„Er wird seine Gründe haben. Manchmal muss man den Menschen ihre Meinung lassen. Oder zumindest sehr geduldig mit ihnen sein."

„Aber er ist mein Freund! Und über solche Sachen müssen wir uns doch einig sein."

„Wie lange seid ihr denn schon zusammen?"

„Eine Woche... Nein, acht Tage."

„Manche Menschen schaffen es in vierzig Jahren Ehe nicht, ihre Partner von der richtigen Sache zu überzeugen."

„Okay. Ich sehe das anders." Marija löffelte großzügig den Honig in ihre Teetasse.

Lydia blickte auf die Uhr. Es war kurz nach eins. „Marija, können wir morgen weiter sprechen? Ich bin echt im Eimer."

„Na gut." Marija nippte an ihrem Tee. „Ich bleibe ja vielleicht noch ein paar Tage... Gute Nacht!"

„Ja, dann schlaf gut!" Lydia seufzte ganz leise, während sie ins Schlafzimmer ging.

Kaum lag sie im Bett und schloss die Augen, tauchten Behner und Ringo Mattei wieder in ihrem Kopf auf. Diesmal waren sie in Begleitung von Marija... Das kann dauern, dachte Lydia und begann mit ihrer Atemübung.

21

Schon seit geraumer Zeit zwitscherten die Vögel. Sie lag mit dem Gesicht nach unten im Gras. Der Geruch von Walderde hing ihr in der Nase. Ihr war kalt und der Durst hatte ihr die Zunge am Gaumen festgeklebt. Vorsichtig tasteten ihre Hände den Boden ab. Sie fühlte Moos, Baumrinde und einen stacheligen Strauch, vielleicht ja wilde Himbeeren. Sie befand sich in dem kleinen Waldstück südlich vom Wiek-Hus.

Als sie die Flucht ergriffen hatte, war sie erst nach links und dann nach rechts gelaufen. Sie hatte gehofft, so den Verfolger in die Irre führen zu können. Und es schien auch geklappt zu haben.

Aber was war im Wiek-Hus geschehen, nachdem sie es verlassen hatte? Waren dort tatsächlich Schüsse gefallen? War ihr jemand hinterhergelaufen? Hatte der Likör ihr die Sinne vernebelt? Hatte sie die schwarz gekleidete Gestalt vielleicht doch nur herbeiphantasiert?

Sie rappelte sich auf, klopfte sich die Erde von den Händen und begann loszumarschieren. Diesmal lief sie nicht im Zickzack, sondern geradewegs zum Haus, aus dem Wald hinaus, dann über eine Salzwiese und ein

Stück brachliegende Ackerfläche. Bis es schließlich auftauchte, inmitten von Bäumen, hinter einem mit Sanddorn bewachsenen Erdwall. Auf den letzten Metern verlangsamten sich ihre Schritte. Als sie nahe genug dran war, suchten ihre Augen die zerschossene Fensterscheibe. Und fanden sie. Ein mulmiges Gefühl beschlich sie.

Sie blieb stehen und atmete tief durch. Es kam ihr so vor, als würde der Herzschlag ihr den Brustkorb sprengen. Ihre Handflächen waren schweißnass. Sie blickte zu ihrem Auto. Die Fahrertür stand noch auf. Zügig ging sie hin. Sie sah ihr Smartphone auf dem Fahrersitz liegen. Es war also doch nicht im Haus gewesen... Sie griff danach und drückte hastig die Tasten an den Seiten. Doch das Display blieb schwarz. Akku alle. Mist!

Dann setzte sie sich hinein und drehte den Zündschlüssel. Wieder ertönte nur das leiernde Geräusch des Anlassers. Der Motor blieb stumm. Vom Haus her drang ein Laut zu ihr. Ihre Augen eilten zu dem kaputten Fenster. Hatte sich dort etwas bewegt? Wieder wanderte ihre rechte Hand zum Zündschlüssel. Sie drehte ihn. Ein letzter Versuch... Und diesmal sprang der Motor an! Sie legte den Rückwärtsgang ein und manövrierte den Wagen langsam aus der Lücke zwischen Gartenzaun und Schuppenwand. Erst, als sie direkt vor dem Haus stand, schloss sie die Fahrertür. Dann gab sie Gas und der schlecht gefederte

Kleinwagen fing an, über den Feldweg zu hüpfen. Die Steine schepperten in den Radkästen und im Rückspiegel sah sie, wie hinter ihr eine Staubwolke aufstieg. Als sie an der Landstraße angelangt war, trat sie auf die Bremse. Sie kniff die Augen zusammen und biss sich auf die Unterlippe. Der Puls hämmerte ihr im Hals. Sie nahm die Hände vom Lenkrad und wischte sie sich auf dem Oberschenkel trocken. Immer wieder. Ihr Blick fiel auf den grün-weißen Gegenstand, der an ihrem Rückspiegel baumelte. Es war das Molenfeuer von Sassnitz in Miniatur. Torben hatte es ihr vor vielen Jahren geschenkt, als sie von Rügen nach Rostock gezogen war. Als Erinnerung.

Wo war Torben jetzt? Schlief er friedlich? War er dem Mörder zum Opfer gefallen? Lag er blutüberströmt im Wiek-Hus und wartete vielleicht schon seit Stunden auf Hilfe?

Dann wendete Elka den Wagen und fuhr langsam zum Haus zurück. Als sie dort anlangte, ließ sie das Auto auf dem Feldweg stehen, durchquerte den Vorgarten, trat auf den Treppenabsatz des Eingangs und drückte die Tür auf.

Vor ihr stand eine große, maskierte Gestalt und richtete die Mündung einer Pistole auf sie. „Du hättest nicht kommen dürfen." Die Stimme kam Elka bekannt vor. Dann fiel der Schuss.

22

Nach einer unruhigen Nacht stand Lydia gegen sieben Uhr auf, duschte sich, machte sich einen großen Kaffee und setzte sich an den Schreibtisch. Vor ihr lag ein großes Blatt Papier. Ins Zentrum schrieb sie Ringo Matteis Namen und kringelte ihn mehrfach ein. Von Ringo zeichnete sie eine direkte Linie zu dem ermordeten Mark Frost. Die beiden hatten für einen gemeinschaftlich begangenen Einbruch vor Gericht gestanden und wahrscheinlich war das nicht das einzige Mal gewesen, dass sie miteinander zu tun gehabt hatten. Vielleicht hatte der Gynäkologensohn etwas besessen, das der Berufskriminelle auch hatte haben wollen? Hatte es sich möglicherweise um eine nicht beglichene Schuld gehandelt? Doch wie groß musste die Schuld gewesen sein, dass Ringo die Eltern gleich mit umgebracht hatte? Und die Nachbarn auch?

Eine weitere Linie führte von Ringo in die entgegengesetzte Richtung zu Elka Henk, eine der Überlebenden. Die dreiunddreißigjährige Versicherungsangestellte lebte ihr eigenes Leben in Rostock. Bei dem kurzen Gespräch am Tatort hatte sie einen verschlossenen, aber selbstbewussten Eindruck auf Lydia gemacht. Sie und Mattei waren über viele Jahre in dieselbe Schulklasse gegangen. Allerdings war das mittlerweile auch schon wieder gute fünfzehn Jahre her. Verband die beiden noch mehr als der gemeinsame Schulbesuch? Oder erinnerte sich Elka gar nicht mehr an Ringo? Das hatte sie ja zumindest behauptet...

Einen zusätzlichen Kreis zog sie um den Namen Dirk Walter, den Geschäftsführer des Henkschen Unternehmens. Der Mann hatte die Leichen seines Arbeitgebers und dessen Frau gefunden und die Polizei informiert. Allerdings besaß er keinerlei Verbindung zur Familie Frost. Sein Lebensstil wirkte auf den ersten Blick zwar etwas liederlich, aber es deutete nichts auf eine Täterschaft in dem Fall hin. Aus irgendeinem Grund hatte Walter sehr großen Wert darauf gelegt, dass Lydia von Klaas Henks unehelichem Sohn und der problematischen Beziehung der beiden erfuhr. Bislang wusste Lydia nicht viel über diesen Marvin Seedorn. Das zu ändern, würde die Aufgabe von Nina Maak sein. Sie sollte alle verfügbaren Informationen über diesen Mann zusammentragen und ihn nach Möglichkeit heute noch aufsuchen und vernehmen.

Anschließend wanderte ihr Stift zu dem nächsten Namen auf dem Blatt und umkreiste auch ihn, Richard Leffer. Er und seine Frau, die Bergener Gynäkologin Doktor Frieda Leffer, wohnten nicht weit von den beiden Familien entfernt. Herr Leffer hatte Lydia als Chefermittlerin gezielt am Tatort aufgesucht, um Hinweise zu geben. Lydia nahm sich vor, ihn und seine Frau heute zu befragen. Er schien ihr ein wichtiger Zeuge und auch ein aufmerksamer Beobachter zu sein. Was genau wusste er über den Streit zwischen den Henks und den Frosts? War ihm in den letzten Tagen vielleicht doch noch mehr in der Umgebung aufgefallen? Zudem interessierte Lydia die Tatsache, dass Frieda Leffer und Egon Frost Fachkollegen waren. Wie oft und worüber hatten sich die beiden Ärzte ausgetauscht?

Ganz unten auf dem Blatt waren die Namen der zwei verbliebenen Kinder vermerkt, Torben Henk und Alex Frost. Lydia war dem Sohn der Henks bislang noch nicht begegnet. Alles, was sie über ihn wusste, war, dass er keinen Schulabschluss hatte und dem Vater mit den Ferienwohnungen half. Konrad sollte den jungen Mann so bald wie möglich vernehmen.

Schlussendlich kam sie zu Alex Frost. Die neunzehnjährige Jurastudentin lebte im Gegensatz zu ihrem Bruder Mark nicht mehr bei ihren Eltern, ein Umstand, der ihr wahrscheinlich das Leben gerettet hatte. Sie schien ein vorbildliches Leben zu führen, ganz anders als ihr mehrfach vorbestrafter Bruder.

Lydia faltete die Mindmap zusammen und verließ das Haus. Als sie im Auto saß und den Motor gestartet hatte, wählte sie Konrads Nummer. Er ging sofort ran.

„Moin, Lydia! Wie ich höre, bist du schon unterwegs...“

„Ich bin auf dem Weg zu Herrn Leffer. Der Mann war gestern am Tatort und wusste erstaunlich viel über die Familien Frost und Henk. Ich würde ihn gern nochmal befragen." Lydia ließ das Fenster runter. Die frische Küstenluft wehte durchs Auto. „Wie lief die Obduktion?"

„Keinerlei neue Erkenntnisse. Alle fünf Opfer sind den Folgen von Schussverletzungen erlegen."

„Dann hat sich der Aufwand ja gelohnt."

„Kann man so sagen. Es ging auch nur bis halb vier."

„Sorry."

„Ach, schon in Ordnung. Ich sitze hier bereits bei meinem dritten Kaffee und bin bereit für neue Anweisungen."

„Wenn das so ist." Lydia schmunzelte. „Die Spusi müsste noch in den Häusern der Opfer beschäftigt sein. Erkundige dich bei denen, ob sie irgendetwas für uns haben. Dann lässt du nach Torben Henk fahnden. Und wenn du weißt, wo er steckt, besuchst du ihn und nimmst ihn ordentlich in die Mangel. Mich interessiert insbesondere, warum er nach dem Mord an seinen Eltern abgetaucht ist."

„Geht klar", erwiderte Konrad. *„Was ist mit unserem Hauptverdächtigen?"*

„Ringo Mattei ist seit gestern Nacht landesweit zur Fahndung ausgeschrieben. Das heißt, jeder einzelne Kollege der Landespolizei sollte wissen, wie der Mann aussieht. Im Laufe des Vormittags gehen die Fahndungsfotos an die Medien raus."

„Die Vita des Mannes spricht nicht gerade dafür, dass wir es mit einem besonders gewieften Subjekt zu tun haben. Wollen wir hoffen, dass er keinen weiteren Schaden anrichtet, bevor er uns in die Hände fällt."

„Dein Wort in Gottes Ohr." Lydia seufzte. „Im übrigen gibt es neben Ringo und Torben noch einen anderen Mann, der für uns von Interesse sein könnte. Sein Name ist Marvin Seedorn und er ist mutmaßlich der uneheliche Sohn von Klaas Henk. Nina ist bereits dabei, ihn ausfindig zu machen."

„Marvin Seedorn. Der Name ist notiert. Noch was?"

„Vorerst nicht."

„Dann hören wir voneinander."

Lydia beendete das Gespräch auf der Höhe des Fährhafens von Mukran. Anschließend ging es an dem ehemaligen KdF-Seebad Prora entlang, bevor sie Binz passierte und den Schlenker um die Granitz machte, um dann über Sellin weiter nach Mönchgut zu fahren. Nachdem sie einmal falsch abgebogen war, stand sie schließlich vor einem schmucken Haus, nur ein paar hundert Meter Luftlinie von den Tatorten entfernt. Es war halb neun. Bei Rüganern konnte man um diese Zeit schon klingeln, dachte sie, als sich die Haustür öffnete und Herr Leffer erschien. Der hochaufgeschossene Mittsechziger mit rasiertem Kopf und sorgfältig gestutztem grauen Fünftagebart stand lässig in der Tür. „Moin, Frau Westphal!"

„Ich hoffe, ich störe nicht." Lydia betrat das Grundstück durch das angelehnte Gartentor.

„Mir war klar, dass Sie kommen würden." Leffer strahlte sie aus seinen hellblauen Augen an „Ich habe heute morgen noch zu meiner Frau gesagt, dass ich so ein merkwürdiges Gefühl im Bauch habe."

„Ist Ihre Frau auch da?"

„Nein, die ist vor ein paar Minuten los in die Praxis." Leffer stand wie angewurzelt im Türrahmen. Sein Lächeln schien wie festgetackert. „Sind Sie wegen ihr hier?"

„Nicht nur... Ich bin mir sicher, Sie können mir auch weiterhelfen. Sie kennen doch die Familie Henk so gut, nicht wahr?"

„Ja, was wollen Sie denn wissen?"

„Ich bin auf der Suche nach Torben Henk. Haben Sie vielleicht eine Ahnung, wo er sich aufhalten könnte?"

„Der wird in einem der Ferienhäuser seines Vaters sein. Die müssen Sie nur abklappern. Dann finden Sie ihn auch."

„Mmh... Alles klar. Aber da wäre noch etwas", fuhr Lydia fort. „Was wissen Sie über den unehelichen Sohn der Henks?"

„Wie bitte?" Leffer riss die Augen auf. Auf seinem Gesicht machte sich Überraschung breit. Und vielleicht auch ein bisschen Freude über den neuesten Tratsch. „Das höre ich wirklich zum ersten Mal."

„Wenn das so ist, vergessen Sie es gleich wieder." Lydia knurrte unzufrieden und ging zum nächsten Thema über: „Sie sagten gestern, dass Sie Ihre Frau zu Familie Frost befragen wollten..."

„Das habe ich auch getan." Leffer stülpte die Unterlippe nach vorn. „Alex war die letzte Frost, die meine Frau zu Gesicht bekommen hat. Die junge Dame war vor ungefähr zwei Monaten bei ihr in der gynäkologischen Praxis."

„Mmh..." Lydia hatte sich mehr erhofft.

„Aber irgendetwas scheint da nicht gestimmt zu haben", schob er hinterher. „Ich kann mich noch gut an den Tag erinnern. Meine Frau kam wirklich totenbleich von der Arbeit. So hatte ich sie noch nie erlebt. Auf mein Nachfragen, was denn los sei, hat sie nichts geantwortet. Überhaupt hat sie den ganzen Abend lang kein Wort gesagt. Und glauben Sie mir, das ist in dreißig Jahren Ehe nicht passiert."

Lydia nickte. Bei Gelegenheit wollte sie Frau Doktor Leffer persönlich befragen.

23

Der Mann mit dem unsauberen Bart und dem fettigen Haar blickte sich noch einmal um, bevor er die Tür zum „Matroseneck" aufstieß, einer kleinen Kneipe am Stadtrand von Stralsund. Drinnen schallte ihm *„Highway to Hell"* von ACDC entgegen. Sein Blick wanderte durch den Schankraum. Es fehlte jegliche maritime Deko, wie sie in den Lokalen der Gegend üblich war. Stattdessen klebten alte Poster von Metallbands an den Wänden. In der Ecke saß jemand in einer blauen Wolke und saugte an seiner E-Zigarette. Hinterm Zapfhahn polierte ein dickbäuchiger Glatzkopf mit Lederweste die Gläser.

„Moin!" Der neue Gast trat an den Tresen.

„Ringo?" Der Wirt musterte den Neuankömmling. „Du traust dich hierher?"

„Hab' ich etwa noch einen offenen Deckel, Karlsen?"

Ringo kannte Karlsen schon eine ganze Weile. Er hatte wegen Republikflucht gesessen und nach dem Mauerfall dann nochmal wegen Betrug oder so. Aber das interessierte Ringo nicht. Musste jeder selber wissen, was er erzählte. Und Karlsen war nicht dafür bekannt, dass er viel über seine Vergangenheit schnackte. Aber das lag vielleicht daran, dass er trocken war.

„Das nicht, aber..." Der Wirt fischte ein Smartphone aus der Tasche, schob sich eine Brille auf die Nase und tippte umständlich etwas auf das Display. Dann streckte er es ihm entgegen. „Guck' mal!"

„Mmh..." Ringo musterte das Foto, das ihn selbst zeigte. „Nicht gerade sehr vorteilhaft getroffen."

„Du hast Nerven, so rumzualbern." Der Wirt steckte sein Handy wieder ein. „Du wirst wegen Mordes gesucht."

„Ja, das ist aber Quatsch." Ringo schüttelte heftig den Kopf. „Ist gar nicht mein Metier."

„Das weiß ich." Der Wirt hielt ein Glas hoch. „Durst?"

„Klar! Darauf freue ich mich schon seit Stunden." Ringo schielte zu dem Gast mit der E-Zigarette. „Aber ich bin noch wegen einer anderen Sache hier."

„Ich kann dir was zu trinken machen. Aber für mehr reicht es leider nicht. Ich will mir keine Probleme einhandeln." Der Wirt stellte Ringo ein Störtebeker hin. „Ich kann mir nichts erlauben."

„Keine Sorge. Ich will keinen Unterschlupf oder so." Ringo griff nach dem Bier und nahm einen ordentlichen Schluck. „Aber ich hätte da mal eine Frage zu einem Gast von dir."

„Die da wäre..." Der Wirt schenkte sich selbst ein Glas Sprudelwasser ein.

„Es geht um diesen jungen Typen, der vor ein paar Monaten zum ersten Mal hier aufkreuzte. Ich habe ein paarmal mit ihm gesoffen.“ Ringo stierte in sein Bierglas. „Er war ziemlich großzügig.“

„Ja, ich erinnere mich.“ Der Wirt kratzte sich an seinem stoppeligen Doppelkinn. „War so ein Schönling.“

„Im Knast hätte der jedenfalls keine Schwierigkeiten mit der Partnersuche.“ Ringo lachte laut.

„Was willst du von dem? Stehst du jetzt auf Männerärsche?“ Der Wirt grinste und wandte sich einem Gast zu, der gerade hereinkam...

„Sehe ich so aus, oder wat?“ Ringo knurrte vor sich hin. Während er den Wirt dabei beobachtete, wie dieser den anderen Gast bediente, wanderten seine Gedanken zu dem jungen Kerl, der ihm den Job angeboten hatte, nachdem sie sich ein paar Wochen lang regelmäßig hier getroffen hatten. Der Typ hatte behauptet, dass die Sache der reinste Spaziergang werden würde... Dann hatte er tausend Euro auf den Tisch gelegt und gesagt, dass er noch mal vier oben drauf packen würde, wenn Ringo ihm etwas aus einem Wohnhaus besorgen könnte. Ringo hatte ihn gefragt, warum er es nicht selber mache, woraufhin der Typ geantwortet hatte, dass er keine Ahnung von Einbrüchen habe und dass Ringo ja wohl der Spezialist auf dem Gebiet sei. Und das hatte Ringo nicht mehr leugnen können, weil er ihm ja in den Wochen vorher alles Mögliche von sich erzählt hatte.

Trotzdem waren fünftausend für einen Bruch nicht gerade viel. Also handelte Ringo das Jüngelchen auf siebentausend hoch. Damit konnte man schon arbeiten…

Der Auftrag hatte darin bestanden, eine kleine Metallkassette aus dem Schuhschrank neben der Eingangstür zu besorgen. Eine simple Sache. Ringo wollte in das Haus rein, die Kassette mitnehmen, die restlichen sechstausend kassieren und die Kassette natürlich trotzdem behalten. Außerdem wollte er sich nebenbei noch in eigenem Interesse in dem Haus umschauen.

Tja, Pustekuchen! Von wegen leer! Von wegen Spaziergang! Als er da ankam, war alles voller Toter. Und die verdammte Kassette hatte er auch nicht gefunden… Und an seinem Trostpreis hatte er auch nicht lange Freude gehabt.

„Und was willst du jetzt machen?“ Karlsen stand wieder vor ihm.

„War der Kerl denn nochmal hier?“

„Das letzte Mal habe ich ihn mit dir zusammen gesehen.“

„Und du weißt wirklich nichts über den Typen?“, bohrte Ringo weiter. „Facebook, Adresse, Kontaktleute?“

„Nein, leider nicht. Hast du denn keine Nummer?“

„Doch, aber da geht er nicht mehr ran.“

„Mmh…“ Karlsen zog die schmalen Lippen kraus. „Er hat mal was von Middelhagen gefaselt. Ich weiß aber nicht, ob er da wohnt.“

„Middelhagen.“ Ringo kramte ein paar Münzen hervor und legte sie dem Wirt auf den Tresen. „Dann versuch ich es da mal.“

„Pass auf dich auf, Alter!“ Karlsen gab ihm die Hand. Dann senkte er die Stimme. „Vergiss nicht, dass sie hinter dir her sind.“

„Mach dir mal keinen Kopp!“ Ringo winkte ab und verließ die Kneipe.

*

Nur zwei Straßen vom „Matroseneck“ entfernt erblickte er einen dreißig Jahre alten Opel Corsa und fühlte sich sofort an seine Jugend erinnert. Die waren damals schon einfach zu knacken gewesen, dachte er sich und brach ihn auf. In weniger als einer Minute hatte er den Motor gestartet. Voller Befriedigung sah er auf die Tankanzeige. Vollgetankt. Sehr schön. Er drehte das Ural-tradio laut auf, zündete sich eine Zigarette an und setzte sich die übergroße Sonnenbrille auf, die er im Handschuhfach fand. Mit Vollgas verließ er Stralsund und passierte die Rügendamm-Brücke. Wenn er gut durchkam, dann würde er ungefähr eine Dreiviertelstunde bis Middelhagen brauchen.

Er konnte sich nicht daran erinnern, jemals dort gewesen zu sein. Alles, was er wusste, war, dass es sich um ein winziges Kaff am anderen Ende von Rügen handelte. Und wenn dieser junge Kerl aus dem „Matroseneck“ dort wohnte, dann würde er ihn auch finden. Zur Not stellte Ringo sich eben einen Monat auf den Markplatz und wartete, bis er vorbeikam.

Bei dem Gedanken an den Typen schlug Ringo mehrfach mit der Faust gegen das Lenkrad. Er wusste nicht, was ihn wütender machte. Dass die Bullen hinter ihm her waren oder dass ihn jemand reingelegt hatte. Früher hatten sie ihn oft reingelegt. Und ausgelacht. Seine Schulzeit kam ihm in den Kopf, als die anderen Kinder ihn gehänselt hatten, weil er keine teuren Sportschuhe getragen hatte, sondern immer nur die ausgelatschten Botten von seinem großen Bruder. Bis er sich eines schönen Nachmittags ein Paar edle Treter geklaut hatte. Und dann noch welche. Und immer so weiter. Bis es kein Zurück mehr gegeben hatte...

Während er sich an all die Sachen erinnerte, die er im Laufe seines Lebens geklaut hatte, war er in Middelhagen angelangt. Ihm wurde nie langweilig, wenn er an früher dachte. An die guten alten Zeiten, die zwar nie so richtig gut waren, aber egal. Es gefiel ihm einfach, sich daran zu erinnern. An die Beute und an die Kumpels. Auch wenn heute nichts mehr davon da war. Weder die Beute noch die Kumpels.

Ringo parkte den Corsa direkt neben der Dorfkirche. Er fand, dass sie merkwürdig aussah mit den runden, grauen Feldsteinen, die in der roten Backsteinmauer steckten. Als seine Augen hoch zu dem hölzernen Kirchturm wanderten, beschlich ihn ein merkwürdiges Gefühl. Im Knast hatte er gelernt zu beten. Aber irgendwie funktionierte das Beten draußen nicht so gut. War vielleicht doch nur was für drinnen…

Plötzlich ertönte eine Stimme hinter ihm. „Moin!" Er drehte sich um. Dort stand eine Frau um die achtzig und lächelte ihn freundlich an. „Die Kirche ist zu, min Jung."

„Ach ja?" Ringo zog die Augen zu schmalen Schlitzen zusammen. Vielleicht wusste die Alte ja was. „Sind Sie von hier?"

„Ich lebe schon seit siebenundsiebzig Jahren in Middelhagen." Die Sonne fiel auf ihr runzeliges Gesicht.

„Ich suche so einen jungen Kerl mit braunen Haaren." Ringo räusperte sich. „So ein Schönling."

„Ach, davon verstehe ich nichts, junger Mann." Das Lächeln im Gesicht der Alten verschwand. „Das sind andere Zeiten heute. Früher hätte es das nicht gegeben."

„Ich bin nicht schwul, falls Sie das denken." Ringo biss sich auf die Unterlippe.

„Fragen Sie lieber wen anders." Die Alte drehte sich um. „Auf Wiedersehen!"

Ringo schnaufte laut. Wütend blickte er ihr noch eine Weile hinterher. Dann ging er zur Straße zurück, setzte sich in den Corsa und steckte sich eine an. Während er darüber nachgrübelte, was er jetzt tun sollte, sah er, wie auf der anderen Straßenseite ein dunkelblauer VW Polo hielt. Er wusste sofort, dass er der Frau hinterm Steuer schon einmal begegnet war. Als sie ausstieg, wurde ihm auch klar, wo. Das war die Kommissarin aus dem Wald. Mit dem Handy am Ohr betrat sie den Gasthof, der gegenüber der Kirche lag.

Ihm kam eine Idee…

24

Was für ein herrlicher Sonnenschein, dachte Konrad und gähnte, während er seinen Wagen durch den massiven Fuhrpark hindurchbugsierte, der sich vor dem Haus der Frosts angesammelt hatte. An einem normalen Arbeitstag hätte er sich bei diesem Wetter für ein halbes Stündchen in eine Stranddüne verkrümelt, um sein Schlafdefizit wieder aufzufüllen. Aber heute standen die Chancen dafür wirklich denkbar schlecht. Während er die vielen Fahrzeuge den einzelnen Behörden und Dezernaten zuordnete, fragte er sich, warum es bei gutem Wetter wirklich immer die meiste Arbeit geben musste. Als sein Blick auf den Wagen des Staatsanwalts fiel, kam ihm der Gedanke, dass das wahrscheinlich der einzige war, der pünktlich um vier Uhr Feierabend machen würde. Tja, Augen auf bei der Berufswahl! Und außerdem war er ja auf Probezeit im Sonderdezernat...

Er schnappte sich seinen Thermobecher und schlenderte ringsherum grüßend zum Haus. Dort streifte er sich die Überzieher aus Plastik über die Schuhe und betrat den Flur. Die Chefin der Spurensicherung empfing ihn mit einem breiten Lächeln. „Moin, Konrad! Du kommst gerade recht."

„Hi, Tila! Was habt ihr denn gefunden?"

„Hier gibt es zwar keine DNA des Einbrechers so wie im Haus der Henks, aber dafür eine Menge anderer Dinge. Komm mit!" Tila drehte sich um und ging voran ins Wohnzimmer. Dort kniete ein Kollege vor einem geöffneten Schrank. In den Händen hielt er ein dickes Buch, aus dem zahlreiche lose Seiten, Fotos und Schnipsel herausschauten. „Das ist die Chronik eines Familienstreits, vermutlich von Egon Frost erstellt."

„Lydia hatte mir schon von einer Fehde zwischen den Frosts und den Henks berichtet…", bemerkte Konrad.

„Ursprünglich ging es um Grundstücksgrenzen. Dann schien die Sache eine Eigendynamik entwickelt zu haben." Tila nahm dem Kollegen das Buch aus der Hand. „Hier steht etwas von abgefackelten Geräteschuppen, platten Reifen, mit Chemikalien verseuchten Hecken, vergifteten Hunden und Katzen, zerschlagenen Scheiben, Kreuznägeln in der Einfahrt und Rasierklingen im Sandkasten. Alles schön belegt mit Fotos…"

„Und wenn sie ein wenig Abwechslung brauchten, dann haben sie sich vor Gericht weiter bekriegt", ergänzte Konrad. „Allerdings hat sich kein Richter zu einem Schuldspruch hinreißen lassen. Es hat wohl immer an Beweisen gemangelt."

„Herr Jung und Frau Fries?“ Eine Stimme drang zu ihnen. Sie gehörte einem der zahlreichen Kollegen von der Spurensicherung, die sich im Haus verteilt hatten. „Kommen Sie mal bitte in das Arbeitszimmer?“

„Alles klar.“ Konrad und Tila folgten der Stimme ins Obergeschoss und kamen in einen kleinen Raum, den ein Regal mit Aktenordnern, ein Schreibtisch und ein Bürostuhl fast komplett ausfüllten. In der Ecke stand ein kleiner Tresor. Davor kniete der Kollege, der sie gerufen hatte. „Der Safe ist offen.“

„Und was ist drinnen?“ Tila quetschte sich noch gerade so in das Büro rein. Konrad musste sich mit dem Platz an der Türschwelle begnügen.

„Medikamente.“ Der Kollege holte mehrere Packungen heraus und las ab: *„Luteotrophes Hormon, Östradiol…“*

„Kennt sich jemand damit aus?“, fragte Konrad in die Runde.

„Ich google es mal.“ Tila fotografierte eine der Packungen mit ihrem Handy und aktivierte die Bildersuche. Es dauerte nur wenige Sekunden und sie hatte das Ergebnis. „Das sind Hormone für Menschen, die eine Geschlechtsumwandlung machen.“

„Ist da noch was drinnen?“ Konrad zeigte auf den Tresor.

„Röntgenbilder.“ Der Kollege hielt die Aufnahmen eines Beckens hoch. „Ein Name steht nicht drauf.“

„Die sind von einem Mann. Leicht zu erkennen an dem ovalen Beckeneingang." Tila nahm eines der Bilder und hielt es ins Licht. „Bei uns Frauen ist da ein Kreis. Muss ja schließlich auch jemand durchpassen."

„Klingt seltsam, wenn du das so sagst." Konrad runzelte die Stirn.

„Euch Männern war der weibliche Körper ja immer schon unheimlich", sagte Tila.

„So ein Quatsch!", protestierte Konrad. „Ich bin bestens vertraut mit dem Körper der Frau."

„Das hört sich jetzt aber auch wieder komisch an. Behalt den Rest lieber für dich." Tila zeigte schmunzelnd auf den Safe. „Aber da liegt noch ein Umschlag. Reich mir den bitte."

„Ach, den habe ich gar nicht gesehen." Der Kollege griff in den Safe und reichte Tila das Kuvert.

„Mal schauen." Tila öffnete es und zog mehrere schwarzweiß bedruckte Papierbögen heraus. „Diesmal sind es MRT-Bilder."

„Was das wohl wieder zu bedeuten hat?" Konrad beugte sich zu Tila.

„Sind die von einem Mann oder von einer Frau?" Tila hielt Konrad die Bilder hin. „Was meint der Experte für weibliche Anatomie dazu?"

„Ähm..." Konrad zuckte mit den Schultern.

„Also, ich sehe weder Gebärmutter noch Eierstöcke." Tila schmunzelte und tippte auf einen Kreis mit weißem

Rand und grauem Kern. „Aber das hier ist eine Prostata."

„Ach so! Jetzt sehe ich es auch." Konrad schluckte.

„Schon gut." Tila ließ ihren Blick durch das Arbeitszimmer gleiten. „Und wieder gibt es keinen Patientennamen."

„Nein." Konrad tat es ihr gleich. Bei Abschlüssen an der Wand blieb er hängen. „Andrologie, Urologie, Gynäkologie..."

„Ich dachte, der Mann war nur Frauenarzt", warf der Kollege von der Spurensicherung ein.

„Vom Frauen- zum Männerarzt. Das liegt ja heutzutage gar nicht mehr so weit auseinander", bemerkte Tila.

„Was war noch mal der Unterschied zwischen Urologie und Andrologie?", hakte der Spusi-Kollege nach.

„Die Andrologie ist ein Spezialgebiet der Urologie und befasst sich mit sexuellen Funktionsstörungen beim Mann." Tila warf Konrad ein Lächeln zu.

„Ähm..." Konrad runzelte die Stirn. Warum grinste die denn so? Dann klingelte sein Handy. Es war Lydia. Er atmete erleichtert auf und verließ den stickigen Raum.

25

Der Revierjagdmeister von Lancken-Granitz, Johann Rikke, ließ den Blick schweifen. Im Osten lag die offene Ostsee und im Westen der Rügische Bodden und die Halbinsel Mönchgut mit dem Biosphärenreservat, den Salzwiesen und dem Großen Lobber See. Er holte tief Luft und roch das Meer, den Wald und die Wildschweine. Beziehungsweise deren Hinterlassenschaften, die auch seinen Olli gerade sehr interessierten. Der anderthalbjährige Belgische Schäferhund begleitete ihn zwar noch nicht auf der Jagd, war aber sonst immer an seiner Seite.

Heute war der Jäger an den See gekommen, um die Kirrung neu auszulegen. Die Schonzeit für die Wildschweine war seit einem Monat abgelaufen und einmal die Woche kam er zum Ansitzen auf die Halbinsel. Und dabei würde ihn Olli hoffentlich auch bald begleiten können. Doch im Moment war der junge Rüde noch zu verspielt, was Johann dem schlechten Einfluss seiner Frau zuschrieb. Denn die wollte es einfach nicht wahrhaben, dass man bei der Erziehungsarbeit an einem Strang ziehen musste. Ein Hund wollte nicht verwöhnt werden, sondern er brauchte klare Ansagen.

Trotzdem machte Johann heute mal eine Ausnahme und ließ ihn von der Leine. Dem Jäger ging das Herz auf, wenn er sah, wie der Hund herumtollte, Witterung aufnahm oder nach Feldmäusen wühlte. Aber natürlich freute es ihn am meisten, wenn er auf den ersten Pfiff wieder bei ihm war.

Johann bückte sich, tätschelte Ollis Nacken und knipste den Karabiner auf. Wie besessen schoss der Schäferhund über die Brachwiese auf die kleine Baumgruppe im Westen zu. Der Mittfünfziger folgte ihm, so gut er konnte. Und solange er ihn im Blick hatte oder hören konnte, wollte er ihn noch nicht zurückpfeifen. Wahrscheinlich hatte ihm der Wind den Geruch eines kilometerweit entfernten toten Tieres in die Nase getrieben. Der Belgische Schäferhund war bekannt für seinen scharfen Geruchssinn, dachte Johann stolz, während er stehen blieb, nach Luft schnappte und durch sein Fernglas blickte. Er entdeckte ihn, gut fünfzig Meter entfernt, nicht weit von einem kleinen Haus, das so einem neureichen Immobilienheini gehörte.

Johann begann, im Laufschritt auf das Haus zuzulaufen, das Bellen seines Hundes im Ohr. Er hatte eigentlich immer großen Wert auf körperliche Fitness gelegt. Doch in letzter Zeit hatte er das Training etwas schleifen lassen, was ja auch an seiner Herzoperation lag. Als er dann keuchend an dem Häuschen ankam, wäre er fast aus den Latschen gekippt. Auf der Vorderseite des Hauses angelangt, sah er, wie Olli völlig aufgekratzt auf und ab lief. Dann ging sein Blick zur Tür.

Dort lag der Körper einer jungen Frau in einer riesigen Blutlache.

26

„Moin!“ Mit dem Telefon in der einen und einem Kaffee in der anderen Hand verließ Lydia den Gasthof, der direkt gegenüber der kleinen Backsteinkirche lag. Weil sie die gleißende Sonne blendete, drehte sie das Gesicht in den Schatten. „Ich bin auf dem Weg nach Bergen zur gynäkologischen Praxis von Doktor Lefler. Die Frau hat Alex Frost vor kurzem behandelt und soll ihrem Mann zufolge dabei irgendetwas entdeckt haben.“

„Ein Sexualverbrechen?“

„Möglich.“ Lydia stellte den Kaffee auf der Motorhaube ihres Wagens ab und setzte sich ihre Sonnenbrille auf. „Und was gibt es bei dir? Was habt ihr im Frostschen Haus gefunden?“

„Egon Frost muss ein merkwürdiger Vogel gewesen sein. Er besaß eine eigene Chronik des jahrzehntelangen Streits zwischen den beiden Familien. Zudem haben wir einen Tresor im Hause Frost gefunden und geöffnet. Darin lagen Hormonpräparate und ein paar namenlose Röntgenbilder.“

„Was das wohl wieder zu bedeuten hat?“ Als Lydia den Wagen entriegeln wollte, fiel ihr auf, dass sie ihn offengelassen hatte. „Aber Einbruchspuren hat man keine entdeckt?“

„Nein. Die gibt es bislang nur bei den Henks“, antwortete Konrad. *„Und sie stammen ja höchstwahrscheinlich von Herrn Mattei.“*

„Der ist nach wie vor verschwunden.“ Lydia setzte sich hinters Steuer, stellte den Kaffee in die Halterung und schloss die Tür.

„Warte mal, Lydia... Bei mir geht gerade ein Anruf von der Zentrale ein... Ich schalte dich dazu...“ Ein Knacken ging durch die Leitung. Dann ertönte eine weibliche Stimme: *„Jensen am Apparat. Spreche ich mit Herrn Jung?“*

„Ja. Frau Westphal hört auch mit“, gab Konrad zurück.

„Das trifft sich. Die konnte ich nämlich leider nicht erreichen...“

„Was haben Sie denn für uns?“ Lydia tippte ungeduldig mit den Fingern auf dem Lenkrad herum.

„Hier ist gerade ein Notruf von dem völlig aufgelösten Revierjäger Johann Rikke eingegangen. Er hat wohl zwei Leichen in Lobbe entdeckt. So wie es aussieht, sind beide Personen Schussverletzungen erlegen.“

„Lobbe?“ Lydia hängte das Handy in die Halterung und startete den Wagen. „Das ist doch gleich hier in der Nähe. Da fahre ich sofort hin.“

„Für mich ist es auch nicht weit", erwiderte Konrad. *„Wie lautet die genaue Adresse?"*

„Lobbe 224", fuhr die Kollegin aus der Zentrale fort. *„Es handelt sich um ein freistehendes Haus, das nur über eine unbefestigte Straße zu erreichen ist."*

„Danke, Frau Jensen. Ich lege jetzt auf. Und wir sehen uns gleich vor Ort, Konrad."

„Auf Wiederhören!"

Lydia beendete das Gespräch, öffnete Googlemaps und gab die Adresse ein. Dann scherte sie aus der Parklücke aus und gab Gas.

Als sie auf der Landstraße gen Süden war, spürte sie plötzlich das kalte Metall einer Waffe an ihrer Schläfe. Eine Stimme ertönte. Sie kam Lydia bekannt vor. „Gib mir dein Handy. Und nicht umdrehen, ja?"

„Was soll das?" Lydia löste ihr Smartphone aus der Halterung und reichte es nach hinten.

„Mund halten! Du fährst hier rechts ran."

„Alles klar." Lydia bremste ab.

„Waffe her!" Die Mündung der Pistole bohrte sich in Lydias Schläfe.

„Ich habe keine dabei." Aus den Augenwinkeln erkannte Lydia ihre eigene Dienstwaffe.

„Was? Du hast immer noch keinen Ersatz?" Ein Lachen ertönte.

„Was wollen Sie?"

„Du wendest jetzt." Die andere Hand des Mannes tauchte vor ihrem Gesicht auf. Lydias Personalausweis klemmte zwischen den Fingern mit den ungepflegten Nägeln. Er musste ihn aus ihrer Tasche haben. „Wir fahren zu dir nach Hause."

27

Für gewöhnlich verrichtete Kriminalhauptkommissarin Nina Maak, die Leiterin der Rechercheabteilung im Sonderdezernat, ihre Arbeit im Innendienst, aber hin und wieder verließ sie das Büro auch schon mal. Sie mochte diese kleinen Ausflüge. Besonders, wenn sie sie an so beschauliche Orte wie Ribnitz am Saaler Bodden führten. Hier sollte sie im Auftrag ihrer Chefin Lydia Westphal nämlich einen gewissen Marvin Seedorn vernehmen. Laut Melderegister wohnte der Mann in der Fischerstraße 23, also in dem Hauseingang, vor dem Nina soeben ihren zivilen LKA-Dienstwagen geparkt hatte. Ihr Blick wanderte zum Rückspiegel, wo er zwei dunkelbraunen Augen, eingerahmt von unzähmbaren schwarzen Locken begegnete. Alles wie immer. Es konnte losgehen. Sie griff nach ihrem Telefon und stieg aus.

Der Name „Seedorn" stand handgeschrieben auf einem notdürftig angebrachten Klingelschild. Nina klingelte.

Ein junger Mann mit kurzgeschorenem braunen Haar öffnete die Tür. Er maß circa einen Meter neunzig, trug eine schwarze Anzughose und ein weißes

Hemd. Ein Hübscher, schoss es Nina durch den Kopf. Er begrüßte sie mit einem sympathischen Lächeln. „Hallöchen!"

„Moin! Maak vom LKA." Nina streckte ihm die Hand hin. „Sind Sie Marvin Seedorn?"

„Ja, der bin ich." Marvin zog eine Augenbraue hoch. „Das mit meinem Erzeuger weiß ich schon."

„Mein herzliches Beileid."

„Danke."

„Ich bin noch wegen etwas anderem hier…"

„Tun Sie sich keinen Zwang an." Marvin verschränkte die Arme vor der Brust. „Zu meinem Alten kann ich Ihnen nicht viel erzählen. Ein sonderlich enges Verhältnis hatten wir nämlich nicht."

„Wann haben Sie ihn denn zum letzten Mal gesehen?"

„Daran kann ich mich nicht erinnern." Er zog die Augen zu Schlitzen zusammen. „Die letzte Familienangehörige, die ich gesehen habe, war Elka. Das muss so vor einem Jahr gewesen sein."

„Mit der verstehen Sie sich gut?"

„Geht so. Für mich zählte sie eher zur gegnerischen Mannschaft, weil sie den Alten so anhimmelte." Marvin griff in die Hosentasche, zog eine Schachtel Camel heraus und steckte sich eine Zigarette an. „Obwohl sie mich gern hat."

„Ach ja?"

„Sie hat mir alle möglichen Geschichten anvertraut." Marvin stieß den Qualm durch die Nasenlöcher. „Sogar das mit der Vergewaltigung."

„Wovon sprechen Sie?"

„Als sie vierzehn war, hat der Nachbarjunge Mark Frost sie vergewaltigt." Marvin saugte nachdenklich an seinem Glimmstängel.

„Ich denke, das wüsste ich." Nina hatte sämtliche Familienmitglieder bereits durchleuchtet. Eine Anzeige wegen Vergewaltigung wäre ihr wohl kaum entgangen. „Warum sollte Elka die Tat nicht angezeigt haben?"

„Damals hat ihr das der Alte ja strengstens verboten."

„Wissen Sie auch, warum?"

„Ist doch klar." Marvin stieß ein verächtliches Lachen hervor. „Weil er es auf seine eigene Art klären wollte."

„Wie kommen Sie darauf?" Nina beschlich plötzlich das Gefühl, dass Marvin ihr etwas vorspann.

„Dieses Schweigen darüber noch Jahre später." Marvin zuckte mit den Schultern. „Elka hätte es doch längst bekannt machen können. Das hat sie aber nicht. Vermutlich, weil die Rache noch viel schlimmer war als die Vergewaltigung."

„Haben Sie irgendwelche konkreten Anhaltspunkte für Ihre Vermutungen?" Nina runzelte heftig die Stirn. Die Geschichte kam ihr aus irgendeinem Grund ausgedacht vor.

„Den gesunden Menschenverstand.“ Marvin blies den Zigarettenrauch in den blauen Himmel. „Mehr nicht.“

„Na ja. Falls Ihnen noch etwas einfällt, melden Sie sich bitte.“ Nina reichte ihm eine Karte mit den Kontaktdaten des Sonderdezernats.

28

Nachdem Konrad sich von Tila verabschiedet hatte, eilte er aus dem Frostschen Haus, schwang sich hinters Steuer und fuhr die Boddenstraße gen Osten. An der Küste angekommen, bog er nach Norden ab. Dann ging es weiter bis in den winzigen Ort Lobbe, wo ihn Googlemaps am Windschöpfwerk rechts auf einen Feldweg schickte. Nach ein paar hundert Metern aufgewirbeltem Staub und einem Steinschlag auf der Windschutzscheibe erschien zwischen ein paar Bäumen die Fassade eines Hauses. Vor einem unscheinbaren Grundstück kam Konrad zum Stehen. Er stieg aus und die rechte Hand wanderte unbewusst an sein Pistolenholster. Die Hitze der Mittagssonne legte sich schwer auf seine Schultern. Das einzige Geräusch weit und breit war das Zirpen der Grillen. Sein Blick ging zu dem Kleinwagen, der auf dem Weg vor dem Haus stand, dann zu der offenstehenden Eingangstür. Außer ihm schien niemand weiter vor Ort zu sein. Lydia war wohl doch etwas weiter weg gewesen. Und wo war überhaupt der Jäger?

„Herr Rikke?“ Konrad wusste nicht, warum, aber der Ton seiner eigenen Stimme erschreckte ihn. Denn sie klang ängstlich. Er holte tief Luft. Er schmeckte den Staub auf seiner Zunge. Seine Kehle war trocken. Wie oft hatte er es sich ausgemalt, der Erste am Tatort zu sein? Ganz allein mit der Leiche. Wenn die Tat noch in der Luft lag. Wenn die Gegenwart des Täters noch spürbar war. Konnte es einen einsameren Moment im Leben eines Polizisten geben? Für viele Kollegen mochte das ein heroischer Augenblick sein. Konrad verursachte er einfach nur Unwohlsein. Er wünschte sich, dass wenigstens der Jäger hier wäre. „Hallo? Ist jemand da?“

Eine Antwort blieb aus. Er zückte seine Waffe und betrat das Grundstück. Nach wenigen Schritten entdeckte er die erste Leiche. Sie lag auf der Türschwelle und gehörte Elka Henk. Er entsicherte seine Pistole. Seine Augen glitten flüchtig über die Tote. Er registrierte einen Einschuss am Kopf. In der Blutlache zeichneten sich die Pfoten eines Tieres ab. Der Hund des Jägers, dachte Konrad. Er blieb an der Tür stehen, nur sein Blick ging ins Haus. Dort lag die zweite Leiche. Sie hatte Ähnlichkeit mit Elkas Bruder Torben, dessen Foto Konrad in dem Portfolio gesehen hatte, das Nina ihnen zu dem Fall erstellt hatte. Bei ihm machte Konrad Einschussstellen in Oberkörper und Kopf aus. Das allgemeine Unwohlsein Konrads verlagerte sich jetzt in die Magengegend. Er entschied, dass er genug gesehen hatte. Langsam wandte er sich um und verließ das Grundstück.

Aus der Ferne drangen die Martinshörner der Einsatzwagen zu ihm. Sie würden nicht mehr lange bis hierher brauchen. Doch da war noch ein anderes Geräusch. Eine Art Winseln. Es kam von der Wiese gegenüber dem Haus. Konrad spähte hinüber und erblickte zwischen Gräsern und Sträuchern den hellbraunen Rist eines Hundes.

Er überquerte den Feldweg und steuerte langsam auf das Tier zu. Als er sich ihm bis auf ein paar Schritte genähert hatte, sah er, dass der Vierpföter mit den Vorderläufen auf dem Brustkorb eines regungslosen Mannes stand und die Zähne fletschte.

„Locker bleiben, mein Kleiner!“ Konrad hob die Hand. Doch beruhigend wirkte die Geste scheinbar nicht auf den Schäferhund, der als Reaktion ein dumpfes, nicht mehr enden wollendes Knurren vernehmen ließ. Konrad wagte sich trotzdem noch einen Schritt vor. Er musste dem Mann ja irgendwie helfen. Das Knurren schwoll an.

„Gaaanz ruhig“, sagte Konrad, woraufhin der Hund einen Satz nach vorn machte. Konrad wich zurück. „Nun haben wir ein Problem.“ Er streckte seine SIG Sauer in die Luft und drückte zweimal ab. Doch der Hund ließ sich von den Schüssen nicht beeindrucken. Ganz im Gegenteil, er sprang ihn an, schnappte nach seinem Arm und verfehlte ihn nur knapp.

„Lass mich deinem Herrchen helfen." Konrad wedelte mit der Waffe. „Sonst muss ich hiervon Gebrauch machen."

Doch dem Rüden war Konrads gute Absicht egal und er schnappte nach seinem Hosenbein. Konrad machte einen Ausfallschritt, stolperte dabei über einen Erdhügel und stürzte der Länge nach hin. Das nutzte der Hund, um ihn erneut anzugreifen. Und diesmal erwischte er ihn und biss sich an Konrads Fuß fest.

„Ah! Lass los, du Dreckskröter!" Verzweifelt trat er nach dem Tier, doch das half nichts. Also richtete Konrad seine Dienstwaffe auf den Rumpf des Angreifers, zögerte kurz und drückte ab. Die Zähne des Hundes lösten sich aus Konrads Fuß und der Körper des Tieres sackte zu Boden.

„Was ist passiert?" Im selben Augenblick ertönte eine brüchige Stimme in Konrads Rücken. Er drehte sich um. Der Jäger hatte das Bewusstsein wiedererlangt.

Verwirrt blickte er Konrad an und machte Anstalten aufzustehen. „Wer sind Sie?"

„Kriminalkommissar Jung." Konrad reichte ihm die Hand. „Und Sie?"

„Rikke mein Name." Zögerlich ergriff der Jäger Konrads Hand und ließ sich hochhelfen. „Ich habe den Notruf gewählt, nachdem ich die beiden Leichen entdeckt hatte. Danach muss ich ohnmächtig geworden sein. Schon zum zweiten Mal nach meiner Operation."

Rikkes Blick fiel auf den toten Hund. „Und was ist hier los? Was haben Sie mit ihm gemacht?“

„Es tut mir leid.“ Konrad zeigte auf seinen zerfetzten Schuh. „Aber er hat mich angegriffen.“

Wortlos kniete Rikke vor seinem Hund nieder. Dann bedeckte er sich das Gesicht mit den Händen. Ein leises Schluchzen ertönte. Konrad legte dem Trauernden die Hand auf die Schulter. „Verzeihen Sie.“

„Lassen Sie mich in Ruhe.“ Der Jäger schlug Konrads Hand weg. „Kümmern Sie sich um die Toten. Das ist doch Ihr Job, oder?“

Konrad nickte. Langsam humpelte er zu den Einsatzwagen, die unterdessen am Tatort eingetroffen waren. Er begrüßte die Kollegen, ließ sie den Tatort abriegeln und holte den Verbandskasten aus seinem Auto. Als er sich die Bisswunde versorgt hatte, wählte er Lydias Nummer. Doch ihr Handy war aus.

29

Lydia steuerte den Wagen direkt bis vor das Tor zu ihrem Grundstück. „Wir sind da."

„Hast du keine Fernsteuerung für das Tor dabei?" Ihr Entführer, dessen Gesicht sie mittlerweile im Rückspiegel erkannt hatte, drückte ihr den Lauf der Pistole gegen die Wange. „Sag die Wahrheit!"

„Was versprechen Sie sich davon, Ringo Mattei?"

„Das hat dich nicht zu kümmern." Der Entführer klopfte mit der SIG Sauer auf Lydias Jochbein herum. „Mach endlich das Tor auf, damit wir reinfahren können."

„Das funktioniert gerade nicht." Lydias Augen scannten die Fenster ihres Hauses ab. War Marija noch da?

„Lügnerin!" Ringo hielt die Hand auf. „Gib mir die Hausschlüssel! Und den Autoschlüssel auch gleich!"

„Alles klar." Lydia griff in ihre Hosentasche, fischte die Schlüssel heraus und reichte sie ihm. Dann wanderte ihre Hand zum Autoschlüssel, der noch im Zündschloss steckte. Doch anstatt ihn herauszuziehen, knallte sie den Handballen auf die Hupe.

„Hör auf damit oder ich erschieße dich!" Ringo hieb ihr den Pistolengriff so heftig gegen die Schläfe, dass sie für einen Moment lang Sterne sah. Er entriss ihr den Autoschlüssel und zerrte sie aus dem Wagen. Dann drückte er ihr die Pistole ins Genick und stieß sie in Richtung Haus. „Warum hast du gehupt? Bist du bescheuert!"

„Was wollen Sie?" Lydia suchte die Fensterscheiben ihres Hauses verzweifelt nach einem Hinweis auf Marija ab. Hoffentlich hatte sie das Haus bereits verlassen!

„Eine halbe Million und einen Fluchtwagen."

„Wer soll denn das bezahlen? Reiche Verwandtschaft habe ich jedenfalls keine."

„Du bist eine wichtige Frau bei den Bullen. Das weiß ich. Die werden schon was locker machen für dich." Ringo schlug ihr den Pistolengriff in den Nacken. „Und jetzt geh weiter!"

„Aua!" Lydia blickte sich um. Wo waren bloß die Nachbarn, wenn man sie mal brauchte? Wie konnte sie Marija vor diesem Irren schützen?

„Jammer nicht!" Ringos Hand umklammerte ihren Oberarm, während er sie mit der Mündung der Waffe in Richtung Haustür schob. Als sie dort angelangt waren, hielt er ihr den Schlüssel hin. „Aufschließen!"

„Okay." Lydia nahm den Schlüssel, steckte ihn ins Schloss und brach ihn ab. „Oh!"

„Das hast du mit Absicht gemacht!" Ringo hieb ihr mit der flachen Hand ins Gesicht. Anschließend trieb er sie hinter das Haus. Auf der Veranda angelangt, trat er ihr von hinten in die Beine, sodass sie hinstürzte.

Während sie sich wieder aufraffte, griff er einen der schweren Verandastühle und zertrümmerte damit die Scheibe der Terrassentür. Spätestens jetzt musste Marija doch was mitbekommen haben! Wenn sie nur nicht ihre verdammten Kopfhörer aufhatte!

„Rein in die gute Stube!“ Ringo griff durch die zerschlagene Scheibe und öffnete die Verandatür. „Aber zackig!“

Lydia trat ein und lauschte ins Haus hinein. Marija war scheinbar nicht mehr da…

„Gesicht zur Wand und Hände auf den Rücken!“

„Okay.“ Lydia gehorchte und sah dabei zu, wie er eine Lampe nahm und das Kabel herausriss. Dann griff er nach ihren Handgelenken und band ihr die Hände auf den Rücken.

„Ist noch jemand im Haus?“

„Nein.“ Lydia schüttelte den Kopf.

„Ich brauche was zu essen.“ Ringo fasste sie grob am Arm und zerrte sie durch das Wohnzimmer und den Flur bis in die Küche. Dort öffnete er den Kühlschrank. „Räucherfisch! Lecker!“

„Passen Sie mit den Gräten auf“, erwiderte Lydia.

„Keine Sorge.“ Ringo riss den Fisch aus der Verpackung und stopfte ihn sich in den Mund. „Nun, erzähl doch mal, was du gegen mich hast.“

„Genug, um Sie für den Rest Ihres Lebens hinter Gittern zu bringen.“

„Was denn? Für einen Einbruch?“ Ringo begann, Lydia mit einer Hand zu würgen.

„Ich spreche von fünffachem Mord...“ Sie rang um Atem. „Vielleicht auch siebenfachem.“

„So ein Unsinn!“, brüllte Ringo und die Fischbröckchen schossen ihm aus dem Mund wie Schrotmunition. „Ich habe niemanden umgebracht. Ich wurde reingelegt.“

„Und von wem?“

„Ich kenne seinen Namen nicht. So ein Typ im ‚Matroseneck‘. Kam mir schwul vor.“

„‚Matroseneck‘? Wo ist das denn?“

„Das ist so eine kleine Kneipe in Stralsund...“ Plötzlich ließ Ringo die Makrele fallen und fing panisch an zu husten. „Eine... Gräte... Schiet!“

„Atmen Sie einfach weiter!“

„Ah...“ Ringo griff sich an den Hals.

„Bleiben Sie ganz ruhig! Die Gräte tut Ihnen nichts.“ Lydia machte einen Schritt auf Ringo zu. Und trat ihm mit voller Wucht zwischen die Beine. Der Entführer ließ die Waffe fallen und sackte zusammen, worauf Lydia ihm den Ellenbogen in den Nacken rammte und die Pistole bis zur Wohnzimmertür kickte, wo in diesem Augenblick Marija erschien.

„Mama?“ Marija sah erst auf die Pistole, dann zu Lydia. Und dann zu Ringo, der sich in einer Mischung aus Schmerz und Erstickungspanik auf dem Boden wand.

„Hilf mir mal. Du bist doch so gut im Knotenaufmachen.“ In zwei Sätzen war Lydia bei ihrer Tochter und streckte ihr die gefesselten Hände hin. Marija bewahrte die Ruhe und löste die Fesseln im Handumdrehen. Damit hatte sich der Segelkurs jetzt schon ausgezahlt. Lydia atmete auf, bückte sich nach der Waffe und richtete sie auf den würgenden Ringo. „So, mein Freundchen. Ich habe Ihnen doch gesagt, dass Sie einfach normal weiter atmen sollen. Ist das denn so schwer?“

„Ah... Hilfe!... Ich ersticke...“, stöhnte Ringo.

„Sie haben ganz andere Sorgen, glauben Sie mir“, gab Lydia zurück. Dann drehte sie sich zu ihrer Tochter. „Wähl du schon mal den Notruf...“

*

Kurz darauf war Lydias Haus voller Polizei. Während ein Rettungssanitäter ihre Platzwunden am Kopf versorgte, sah Lydia dabei zu, wie die uniformierten Kollegen Ringo Mattei abtransportierten. Die Fischgräte hatte ihn nicht umgebracht... Aber dafür ins Gefängnis.

Lydia griff nach ihrem Telefon und wählte Konrads Nummer. Er nahm sofort ab. *„Moin!“* Seine Stimme klang vorwurfsvoll. *„Die Identität der Leichen wäre geklärt. Es handelt sich um Elka und Torben Henk. Wieder erschossen.“*

„Was du nicht sagst! Wie lange sind sie bereits tot?“

„Die Kollegen führen gerade eine Messung der Leichentemperatur durch…“

„Du klingst irgendwie komisch. Was ist los?“

„Als ich am Tatort eintraf, fiel mich der Hund des Jägers an… Ich musste das Tier leider erschießen. Das nimmt mich ganz schön mit.“

„Schiet!“

„Ich könnte deine Unterstützung gerade echt gebrauchen. Kannst du nicht herkommen?“

„Na, dann erzähle ich dir jetzt wohl mal, was bei mir hier so los war…“ Lydia fasste die Ereignisse der letzten Stunden knapp für Konrad zusammen, während ihre Augen auf Marija ruhten, die auf einem Sessel döste.

„Das darf nicht wahr sein. Du hast Ringo Mattei geschnappt… Ich gratuliere!“

„Danke. Allerdings gibt es ja immer noch ein paar offene Fragen.“

„Die können wir morgen klären. Jetzt solltest du bei deiner Tochter bleiben und dich ausruhen. Ich kümmere mich um den Rest.“

„Danke dir.“

Mit einem Schmunzeln beendete sie das Telefonat. Ihr Kollege gab diesmal wirklich sein Bestes. Dem würde niemand mehr den Platz im Sonderdezernat streitig machen.

Danach dauerte es noch eine ganze Weile, bis endlich alle Kollegen aus dem Haus waren. Für ein

Gespräch mit Marija fand sie keine Gelegenheit mehr. Dafür waren sie beide einfach viel zu erschöpft.

30

Am Morgen darauf stand Lydia bereits früh auf. Nachdem sie gefrühstückt hatte, ging sie zu Marija ans Bett und drückte ihr einen Kuss auf die Stirn. Ihre Tochter öffnete ein Auge. „Musst du schon los?“

„Leider ja.“

„Schon wieder?“ Das Auge ging wieder zu. „Dabei wollte ich dir noch von Steven erzählen.“

„Das holen wir nach. Versprochen.“

„Versprich mir lieber nichts mehr.“ Marija drehte sich auf die andere Seite.

„Gegen Mittag bin ich wieder da.“ Lydia strich ihr zärtlich über den Kopf.

Dann verließ sie das Haus. Bevor sie sich ins Auto setzte, überprüfte sie die Rückbank. Sie war leer. Aber in ihrem Kopf würde Ringo Mattei noch eine ganze Weile bei ihr mitfahren. Wieder einer mehr. Manchmal kam es ihr so vor, als hätte sie über die Jahre eine ganze Busladung an Mördern und Totschlägern zusammengesammelt. Und die führen nun alle bei ihr auf dem Rücksitz mit, säßen mit am Frühstückstisch, stünden mit unter der Dusche und lägen mit im Bett…

Aber war Ringo nun für die Morde in Mönchgut verantwortlich oder hatte der wahre Mörder Ringo nur als falschen Verdächtigen benutzt? Wieso sollte ein gewöhnlicher Einbrecher auch zwei Familien auslöschen? Und warum sollte er einen Tag später Elka und Torben erschossen haben? Vielleicht, weil sie Zeugen geworden waren? Aber warum hatten sie geschwiegen? Warum hatten sie sich in dem kleinen Haus in Lobbe aufgehalten? Fragen über Fragen. Und an wen sollte Lydia die richten, wenn nicht an Ringo selbst?

Doch bevor sie ihren Hauptverdächtigen einem Verhör unterzog, wollte sie noch dem Hinweis von Herrn Leffer nachgehen. Verfügte seine Frau tatsächlich über wichtige Informationen oder steckte nur belangloser Tratsch und Wichtigtuerei dahinter? Um das herauszufinden, befragte Lydia die Gynäkologin am besten persönlich.

Als sie nach einer knappen halben Stunde Fahrt in Bergen anlangte, passierte sie eine unscheinbare Kneipe namens „Fischereck“, die sie an Ringo Matteis Bemerkung vom Vortag erinnerte. Wie hieß doch gleich die Stralsunder Kneipe, von der er gesprochen hatte? „Matroseneck“? Lydia beschloss, auch dieser Spur zu folgen, sobald sie bei Frau Doktor Leffer fertig war.

Sie parkte vor einem Gründerzeithaus mit beigefarbener Fassade und hohen Fenstern, das unweit des

Krankenhauses lag. Das Wartezimmer war menschenleer und es dauerte gute fünf Minuten, bis eine hagere Frau Anfang sechzig erschien. Sie war ungeschminkt und trug ihr brünettes Haar zu einem Zopf zusammengebunden. „Es tut mir leid. Wir haben heute leider keine Sprechstunde. Die Tür hätte ich eigentlich abschließen müssen."

„Moin! Westphal mein Name. Ich bin keine Patientin, sondern von der Kripo." Lydia hielt ihr die Hand hin. „Sind Sie Frau Doktor Leffer?"

„Ja, das bin ich." Die Ärztin schüttelte Lydia zögerlich die Hand. „Mein Mann hat mir von Ihnen erzählt..."

„Und er mir von Ihnen." Lydia lächelte. „Ich ermittle in den Mordfällen von Mönchgut."

„Das Massaker im Norden, wie es so reißerisch in den Medien heißt." Doktor Leffer nickte. „Wie kann ich Ihnen denn helfen?"

„Es geht um Alexandra Frost. Das ist doch Ihre Patientin, oder?"

„Sie heißt Alex, nicht Alexandra... Und ja, sie ist meine... Patientin."

„Haben Sie noch mehr zu ihr zu sagen?"

„Die ärztliche Schweigepflicht gilt auch gegenüber der Polizei, Frau Westphal."

„Es sei denn, Ihnen ist bekannt, dass jemand ein schweres Verbrechen plant." Lydia wölbte die Augenbrauen. „Ist dem etwa so?"

„Das würde ich nicht sagen."

„Dann kann ich nur an Ihr Gewissen appellieren", erwiderte Lydia. „Sieben Menschen sind erschossen worden... Falls Sie etwas zur Aufklärung dieser Taten beitragen können, dann sollten Sie das auch tun."

„Mmh..." Leffer zeigte in das Behandlungszimmer. „Kommen Sie."

„Danke." Lydia betrat den Raum zuerst, dann folgte die Ärztin.

„Setzen Sie sich." Frau Doktor Leffer zeigte auf einen Stuhl vor dem Schreibtisch. Sie selbst nahm auf dem Bürostuhl dahinter Platz. „Also gut... Alex Frost war vor zwei Monaten hier in der Praxis, was mich einigermaßen verwundert hat, weil ihr Vater ja selbst Gynäkologe ist und sie ihr Leben lang auch bei ihm in Behandlung war."

„Woher wussten Sie das?"

„Ich kenne Herrn Frost und seine Familie schon lange. Ich habe ihn auch schon mal aus fachlichen Gründen angerufen. Er war wirklich ein sehr versierter und hochintelligenter Kollege, wenn er teilweise auch sehr merkwürdig im persönlichen Umgang war. Man hatte bei ihm immer den Eindruck, dass er in seiner eigenen Welt lebte. Er erinnerte mich an jemanden mit Asperger-Syndrom."

„Er war auch Urologe, nicht wahr?"

„Ganz genau. Und im Nachhinein ergibt es auch Sinn, dass er den zweiten Facharzt gemacht hat... Aber ich fange besser ganz von vorne an." Frau Leffer räusperte sich. „Es war ein grauer und verregneter Tag. Die durchnässte Alex saß dort, wo Sie jetzt sitzen. Sie eröffnete das Gespräch mit der Feststellung, dass mit ihrem Körper irgendetwas nicht in Ordnung sei. Als ich sie bat, konkreter zu werden, erklärte sie, dass sie immer noch keine Periode bekommen habe, obwohl sie schon neunzehn Jahre alt war. Ich fragte sie, was denn ihr bisheriger Arzt dazu meine, also ihr Vater, Herr Doktor Frost. Daraufhin antwortete sie mir, dass ihr Vater ihr stets gesagt habe, sie litte an einem seltenen Gendefekt, den auch schon eine entfernte Großtante gehabt habe... Daraufhin bat ich sie, sich freizumachen und auf dem Behandlungsstuhl Platz zu nehmen..." Doktor Leffer hielt inne, atmete tief durch und stand auf. „Darf ich Ihnen ein Glas Wasser anbieten?"

„Nein. Danke." Lydia hob die Hand. Dann beobachtete sie, wie die Ärztin an einen Schrank ging, ein Glas herausholte, es am Handwaschbecken voll machte und sich wieder setzte.

„Das, was ich bei Frau Frost gesehen habe, ist mir in dreißig Jahren Berufserfahrung noch nicht begegnet. Es sprengt wirklich jede Vorstellungskraft und macht mich immer noch völlig fertig." Frau Leffer nahm einen Schluck Wasser. Ihre Lippen bebten. „Anstelle einer Vagina verfügte Alex lediglich über eine vernarbte Hautfalte, an der eine verengte Harnröhre endete. Als ich sie fragte, was dort passiert sei, antwortete sie mir, dass sie es nicht wisse und dass es an ihrem Gendefekt liegen müsse…"

„Und was war Ihre eigene Diagnose?"

„Ein wie auch immer gearteter Vaginalverschluss kam für mich schon beim ersten Hinsehen nicht mehr in Frage, weil ich die typischen Merkmale einer Vulva eben nicht erkennen konnte, also Schamlippen und Klitoris. Als eine mögliche Erklärung fiel mir zuerst eine misslungene geschlechtsangleichende Operation ein. Wie Sie vielleicht wissen, wurden Neugeborene, bei denen Merkmale beider Geschlechter auftraten, also sogenannte Intersexuelle, bis vor kurzem noch standardmäßig einer Operation unterzogen, im Zuge derer sie dann auf ein Geschlecht festgelegt wurden. Aber die Resultate solcher Eingriffe sehen anders aus, viel natürlicher. Auch die sogenannten Neovaginas von operierten Transfrauen haben ein völlig anderes Erscheinungsbild." Frau Leffer trank erneut einen Schluck, bevor sie fortfuhr. „Da ich mir weitere Klarheit verschaffen wollte, habe ich einen Ultraschall bei Frau Frost durchgeführt. Dabei stellte ich fest, dass sie weder Eierstöcke noch Gebärmutter, aber sehr wohl eine Prostata besitzt… Als ich sie daraufhin fragte, ob sie Hormone einnehme, erwiderte sie, dass sie das nicht sagen könne. Allerdings habe sie ihr Leben lang Tabletten wegen ihres Gendefekts bekommen. Als ich ihr im Anschluss offenbarte, dass sie von ihren inneren Organen her ein Mann ist, wurde sie kreidebleich…"

„Und was passierte danach?“ Lydia schluckte. Ihre Kehle war trocken.

„Alex zog sich wieder an und sagte, dass sie jetzt nach Hause wolle. Bevor sie meine Praxis verließ, habe ich ihr noch die Karte einer befreundeten Psychotherapeutin gegeben. Seitdem habe ich nichts mehr von ihr gehört.“

„Und was ist nun die endgültige Erklärung für das, was mit Alex passiert ist?“, bohrte Lydia weiter. Doch sie hatte bereits eine dunkle Ahnung.

„Wenige Tage nach Frau Frosts Besuch habe ich mich an alte Schwarzweißfotos aus dem Archiv meiner Uni erinnert. Darauf waren Kastraten einer russischen Sekte zu sehen. Die Männer hatten sich mit einfachsten Mitteln Penis und Skrotum abgetrennt. Bei Alex sah es genau so aus…“

31

Auf dem Weg in die Stralsunder Polizeiinspektion, wo Ringo Mattei in Untersuchungshaft saß, machte Lydia rasch noch einen Abstecher in den Nordwesten der Stadt, genauer gesagt nach Knieper West, denn dort lag das „Matroseneck“, das Ringo am Vortag erwähnt hatte. Als Lydia aus dem Auto stieg und den Blick schweifen ließ, stellte sie schmunzelnd fest, dass das Stadtviertel mit den vielen DDR-Plattenbauten einen ganz eigenen Charme besaß. Genauso wie die verdunkelten Scheiben der Eckkneipe, vor der sie wenig später stand. Über den Betreiber hatte sie sich natürlich ausführlich informiert. Es handelte sich um ein mittelschweres Kaliber im Ruhestand. Mal schauen, dachte Lydia und drückte die abgegriffene Tür auf.

Drinnen schlug ihr der Gestank von Zigarettenrauch entgegen. Hier scherte sich offensichtlich niemand um das Rauchverbot in Gasträumen. Und der Mittsechziger hinter der Theke machte auch nicht gerade den Anschein, als legte er einen besonders großen Wert darauf, sie zu bedienen. Stattdessen musterte er sie argwöhnisch aus den Augenwinkeln.

„Moin!“ Lydia setzte sich direkt vor den Zapfhahn.

„Was wollt ihr von mir?“ Der Mann mit Doppelkinn und Zöpfchen stemmte beide Fäuste in die Hüfte.

„Spricht man so mit Kundschaft?“ Lydia schenkte dem Rüpel ein souveränes Lächeln.

„Ich weiß, dass Sie von der Kripo sind. Euch rieche ich auf zehn Kilometer Entfernung.“

„Sagt Ihnen der Name Ringo Mattei was?“

„Mit solchen Fragen sind Sie bei mir an der falschen Adresse…“

„Mmh…“ Lydia sah sich in der Kneipe um. „Ich weiß über Sie Bescheid. Sie sind auf Bewährung draußen, Herr Karlsen.“

„Und was kümmert Sie das?“

„Ringo Mattei ist in eine ganz fiese Angelegenheit verwickelt.“ Lydia sah Karlsen direkt in die Augen. „Es kam sogar schon in den Nachrichten… Insgesamt sieben Tote… Muss ich noch mehr sagen?“

„Und?“

„Wenn Sie wüssten, wie wenig Mühe es mich kostet, Ihnen eine Beihilfe zum Mord anzudichten…“

„Sagen Sie schon. Was wollen Sie?“

„Ich weiß, dass Ringo Mattei in letzter Zeit bei Ihnen zu Gast war. Verraten Sie mir, mit wem er sich hier getroffen hat.“ Lydia tippelte mit den Fingern auf der Theke herum.

„Mit so einem Jüngelchen.“ Karlsen blickte scheel zur Tür. Als würde jeden Moment jemand hereinplatzen. „Ich kannte den selber auch nicht.“

„Na ja, aber Sie werden bestimmt mitbekommen haben, was die beiden miteinander zu schaffen hatten.“ Lydia fixierte die kleinen graublauen Augen des Wirtes, während sie ihr Handy hervorholte und vor sich auf den Tresen legte. „Und jetzt kommen Sie mir nicht mit Ausreden. Denken Sie an Ihre Bewährung…“

„Die hatten irgendeinen Deal, aber ich habe echt keine Ahnung, worum es ging.“ Karlsen räusperte sich. „Ich habe nur gesehen, wie der junge Kerl Ringo einen Umschlag mit ein paar Scheinen rübergeschoben hat.“

„War es der hier?“ Lydia hielt dem Wirt das Display ihres Smartphones hin. Es zeigte ein Foto von Alex Frost.

„Ja. Aber als er hier war, hatte er einen Bart.“ Der Wirt brummte etwas in sein Doppelkinn hinein, zog die Augen zu engen Schlitzen zusammen und verschränkte die Arme vor der Brust. „Wer soll denn das sein?“

„Ach, plötzlich interessieren Sie sich für ihn?“

„Mir schwant da was. Und zwar nichts Gutes. Jedenfalls nicht für Ringo.“

„Lassen Sie mich an Ihrer Eingebung teilhaben.“

„Ich wette, der Typ hat Ringo reingelegt.“ Karlsen schüttelte leicht den Kopf. „Ringo war noch nie der Hellste.“

„Könnte sein“, stimmte Lydia ihm zu. „Und deswegen sollten Sie in den nächsten Tagen auch Augen und Ohren aufhalten. Vielleicht taucht der junge Mann ja nochmal hier auf.“

„Meinetwegen."

„Ich melde mich wieder bei Ihnen." Lydia glitt vom Barhocker und verließ die Kneipe. Jetzt wollte sie mit Ringo sprechen.

32

Von Knieper West zur Stralsunder Polizeiinspektion brauchte Lydia nur knapp zehn Minuten. Auf dem Dienstparkplatz las sie noch schnell ihre E-Mails. Nina Maak hatte Ringos Handydaten auswerten lassen und Marvin Seedorn vernommen. Durch Letzteren hatte sie von einer angeblichen Vergewaltigung Elka Henks erfahren. Zudem hatten die Kollegen von der LKA-Ballistik neue Erkenntnisse zur Mordwaffe gewonnen. Bei allen sieben Morden war dieselbe Pistole zur Anwendung gekommen. Es handelte sich um das Modell SFP9 von Heckler & Koch... Und zu guter Letzt hatte Frau Reeter vom Polizeirevier Bergen Lydia eine interessante Nachricht geschickt: *„Wir haben den Fennscheit-Kindern Fotos von mehreren Nachbarn gezeigt und sie befragt, von wem sie die Silvesterknaller haben, ganz wie Sie es angeregt hatten, Frau Westphal. Die Kinder waren sich einig, dass die Böller von Alex Frost stammten, die allerdings als Mann verkleidet gewesen sein soll und einen Bart getragen habe.“*

Lydia starrte für einen Augenblick in den blauen Sommerhimmel, bevor sie kopfschüttelnd aus dem Wagen stieg.

Kurz darauf stand sie in Begleitung zweier Uniformierter vor einer mehrfach gesicherten Einzelzelle und ließ sich ein kleines Sichtfenster öffnen. Sie beugte sich vor und warf einen Blick hinein. Ringo Mattei lag auf der Liege und blickte neugierig zu ihr herüber. „Wer ist da?“, fragte er.

„Moin, Herr Mattei! Wie geht es dem Hals? Haben Sie die Gräte rausbekommen?“

„Sie schon wieder.“ Ringo richtete sich langsam auf.

„Kommen Sie mal bitte an die Tür.“

„Wieso das denn?“

„Gestern waren Sie aber nicht so schüchtern.“

„Ha ha! Sehr lustig.“ Langsam kam Ringo zur Tür gehumpelt.

„Welche Abmachung hatten Sie mit dieser Person hier?“, fragte Lydia und hielt das Display ihres Handys vor das kleine Sichtfenster. „Es könnte Ihnen ein paar Jahre Gefängnis ersparen, wenn Sie kooperieren. Aber das Spiel dürfte Ihnen ja geläufig sein.“

„Das ist die Drecksau! Aber ich kenne ihn nur mit Bart.“ Ringo stierte wütend auf das Foto. „Ich sollte ihm eine Kassette aus einem leerstehenden Haus besorgen. Aber als ich da ankam, lagen überall Tote rum. Das war eine Falle.“

„Haben Sie Beweise dafür?“ Lydia ahnte, dass er keine hatte. Aber ihr war auch klar, dass *sie* keine hatte. Jedenfalls keine, mit der die Staatsanwaltschaft eine Mordanklage gegen Mattei erheben könnte. Bei der Auswertung der Daten des Handys, das Ringo bei sich getragen hatte, war nämlich herausgekommen, dass er Torben und Elka Henk nicht erschossen haben konnte, da es zum Todeszeitpunkt mehrere Kilometer entfernt in einer anderen Funkzelle eingeloggt gewesen war. Vor allen Dingen hatte man bei ihm lediglich Lydias Dienstwaffe gefunden, also eine SIG Sauer, aber nicht die Mordwaffe der Marke Heckler & Koch.

„Warum sollte ich in ein Haus voller Leichen einbrechen? Was für Beweise wollen Sie?“ Ringo zog die Augenbrauen zusammen und zeigte auf Lydias Handy. „Fragen Sie doch lieber mal diesen Typen da!“

Genau das hatte Lydia auch vor…

33

Die Sonne hatte sich gerade hinter einer dicken Wolke verzogen, als Lydia in Begleitung eines zehnköpfigen SEK-Kommandos die Studenten-WG von Alex Frost in der Greifswalder Steinbeckervorstadt aufsuchte. Sie pickte zwei Kollegen in Zivil heraus und klingelte. Die Tür sprang auf und die drei betraten das Treppenhaus. Als sie im zweiten Obergeschoss anlangten, wartete Alex bereits auf der Türschwelle.

„Hätten Sie einen Augenblick Zeit?" Lydia zögerte kurz, bevor sie fortfuhr. „Frau Frost?"

„Worum geht es denn?" Alex' Blick eilte nervös zwischen den drei Beamten hin und her.

„Wir wollen uns nur ein wenig umsehen..." Lydia warf den Beamten ein kaum merkliches Kopfnicken zu, woraufhin diese sich blitzschnell hinter Alex schoben, sie in den Korridor der Wohnung zogen und fesselten.

„Was soll das?" Alex verzerrte das Gesicht.

„Sind Sie allein?", erkundigte sich Lydia.

„Ja", gab Alex zurück.

„Gut. Dann stört uns wenigstens keiner", sagte Lydia. „Sie sind vorläufig wegen Mordes festgenommen."

„Wie bitte?" Alex verzog das Gesicht.

„Und das hier ist ein Durchsuchungsbeschluss für Ihre Wohnung." Lydia zog einen Bogen Papier aus ihrer Hosentasche, faltete ihn auseinander und hielt ihn Alex unter die Nase. „Welches ist Ihr Zimmer?"

„Das hier." Alex zeigte mit dem Kinn auf eine angelehnte Tür.

„Da würde ich gerne mal einen Blick hineinwerfen." Lydia drückte die Tür auf und ließ den Blick durch den kleinen, unpersönlich wirkenden Raum gleiten. Zwischen Bett und Wandschrank zwängte sich ein schmaler Arbeitsplatz mit Drehstuhl und penibel aufgeräumtem Schreibtisch. Es gab weder Bilder an der Wand noch sonstige Deko. Nicht einmal einen Spiegel. Lydia streifte sich ein Paar Einmalhandschuhe über, ging zu dem Schreibtisch und öffnete die oberste Schublade. Dort lag sie auch schon... „Was haben wir denn hier?" Lydia fasste die Pistole zwischen Daumen und Zeigefinger. „Eine SFP9 von Heckler & Koch... Sie haben wohl nicht mit unserem Besuch gerechnet?"

„Ich habe keine Ahnung, wie die dahin kommt." Alex zuckte mit den Schultern. „Hier gehen täglich neue Leute ein und aus."

„Das ist zufällig dasselbe Modell, mit dem Ihre Eltern, Ihr Bruder und die komplette Familie Henk erschossen wurden. Ich denke, damit haben wir jede Menge Gesprächsstoff." Lydia gab den Kollegen in Zivil ein Zeichen. „Aber unseren Austausch setzen wir besser auf der Polizeiinspektion fort, Frau Frost."

„Ich bin nicht *Frau Frost*. Ich bin ein Mann."

Das waren Alex' letzte Worte, bevor *er* sich widerstandslos abführen ließ.

*

Lydia blieb allerdings noch in dem Zimmer. Sie setzte sich auf das Bett und ordnete ihre Gedanken. Alex Frost war und verstand sich selber als Mann. Obwohl sein weltfremder Vater ihn als Mädchen großgezogen hatte.

Lydia war sich sicher, dass die Pistole aus dem Schreibtisch die Mordwaffe war. Es war dasselbe Modell, das vor einigen Tagen am Landgericht Stralsund abhanden gekommen war, dort, wo Alex Frost ein Gerichtspraktikum absolviert hatte. Lydia war es von Anfang an verdächtig erschienen, dass Alex das Praktikum am Anfang des Studiums absolvierte und nicht in der Mitte oder am Ende, so wie es üblich war. Aber dem Studenten war es wohl nicht um die Praxiserfahrung gegangen, sondern um die Möglichkeit, an eine Waffe zu gelangen.

Alex hatte seine Taten gut geplant. Wenige Tage vor dem ersten Mordanschlag hatte er die Knaller an die Kinder aus der Umgebung verteilt, die davon auch ausgiebig Gebrauch gemacht hatten. So hatte niemand den Schussgeräuschen Bedeutung beigemessen und er hatte reichlich Zeit für seine Taten in zwei verschiedenen Häusern gehabt. Zudem hatte er sich mit Ringo den richtigen Verdächtigen herausgesucht und ihn nahezu perfekt als Täter in Szene gesetzt.

Aber warum hatte Alex überhaupt so viele Menschen umgebracht? Dass er sich an seinem Vater rächen wollte, ließ sich noch erklären. Doch aus welchem Grund mussten auch die anderen Familienmitglieder und sogar die Henks sterben? Warum hatte er Torben und Elka auch noch aufgespürt? Und vor allem: Wer hatte ihm die schreckliche Verstümmelung zugefügt? Hier fehlte doch ein wichtiger Baustein...

Sie stand auf und begann, die Schubladen des Schreibtisches zu durchsuchen. Es dauerte nicht lange, bis sie auf einen verschlossenen Briefumschlag stieß, adressiert an Alex Frost. Der Poststempel stammte von letzter Woche, der Absender war Evelin Frost, Alex' Mutter. Lydia öffnete ihn und begann zu lesen:

„Liebe Alex, ich hoffe, es geht dir gut. Es ist bereits mehr als zwei Monate her, dass ich dir alles erzählt habe. Leider habe ich dich seit dem Tag nicht mehr gesehen. Und das bereitet mir sehr große Sorgen. Ich kann verstehen, dass du Zeit brauchst, um es zu verarbeiten. Doch du sollst trotzdem wissen, dass deine Familie an dich denkt. Und bitte sei deinem Vater nicht böse! Er wusste es nicht besser. Er glaubt eben, dass die moderne Medizin Wunder bewirken kann. Und nachdem der Nachbarsohn Torben dich auf so brutale

Weise verstümmelt hatte, sah er einfach keine andere Lösung, als alles so zu belassen. Er war fest davon überzeugt, dass du als Mädchen ein glücklicheres Leben führen würdest. Und warst du das nicht bis vor kurzem auch? Du darfst es ihm nicht übelnehmen. Er lebt nun einmal in seiner eigenen Welt, in der alles so laufen muss, wie er es will…

Es waren andere Zeiten damals, als der Streit mit den Henks noch unser Leben bestimmte. Beide Familien nahmen sich nichts. Ich selbst erfuhr erst Jahre später den Grund für Torbens Tat. Der Angriff auf dich sollte die Rache sein für etwas, das dein Bruder Mark der Tochter der Henks angetan hatte. Wenn es stimmt, dann muss es schrecklich für Elka gewesen sein. Ganz sicher wissen wir es aber bis heute nicht. Nach neunzehn Jahren sind alle Beweise längst verschwunden und die Taten verjährt. Auch deswegen hoffe ich, dass du uns vergibst. Denn wir alle sind an deinem Unglück mitschuldig. Bitte melde dich bald. Deine Mutter."

Doch Alex hatte sich nicht gemeldet. Und er hatte auch nicht vergeben wollen, dachte Lydia und ließ die Hand mit dem Brief sinken. Im Gegenteil, sein Wunsch nach Vergeltung war so groß gewesen, dass er gleich beide Familien ausgelöscht hatte. Die schmerzvolle Erkenntnis, der eigenen Identität gewaltsam beraubt worden zu sein, hatte Alex in ein rasendes Monster verwandelt. Nicht aber in ein unsichtbares Opfer ohne

Stimme. Jemand anderes hätte sich vielleicht in Therapie begeben. Doch Alex hatte getötet.

Für Lydia gab es hier nicht mehr viel zu tun. Mit einem Seufzer verließ sie die WG, um sie den Kollegen der Kriminaltechnik zu überlassen.

Kaum stand sie auf der Straße, zückte sie ihr Handy und wählte Marijas Nummer. Sie hatte die ganze Zeit über an ihre Tochter gedacht und selten eine größere Sehnsucht gespürt, sie zu sehen. *„Hallo, Mama!“*, meldete Marija sich.

„Wo bist du?“, fragte Lydia zurück.

„Immer noch bei dir zuhause.“

„Warte auf mich. Ich bin gleich da. Dann will ich alles über diesen Steven und deine Mitbewohner hören. Und über Selbstjustiz sollten wir auch noch einmal sprechen.“

„Alles klar, Mama!“

„Ich liebe dich.“ Lydias Augen füllten sich mit Tränen.

Epilog

Ein halbes Jahr später und unter großer öffentlicher Anteilnahme verurteilte das Landgericht Stralsund den mittlerweile zwanzigjährigen Jurastudenten Alex Frost wegen siebenfachen Mordes zu einer lebenslangen Freiheitsstrafe mit anschließender Sicherheitsverwahrung. Das Gericht sah es als erwiesen an, dass der junge Mann die Tatwaffe während eines Praktikums am Landgericht entwendet und anschließend sieben Menschen damit erschossen hatte.

Der Täter bekundete vor Gericht, dass er lediglich den Tod von Elka Henk bereue. Er hatte nicht mit ihrer Anwesenheit in dem Lobber Häuschen gerechnet. „Sie hätte nicht zurückkehren dürfen“, hatte er vor Gericht gesagt.

Die Richterin betonte, dass sie zwar Empathie für das Leid des Verurteilten empfinde. Allerdings dürfe sich niemand über das Recht stellen und zur Selbstjustiz greifen.

Von einem Antritt der Haftstrafe ging sie trotzdem nicht aus. Alex Frost kam nämlich direkt vom Gerichtssaal wieder zurück ins Krankenhaus. In Folge der jahrelangen Einnahme von Hormonpräparaten war er an einem schnell voranschreitenden Krebs erkrankt. Laut den Ärzten hatte der verurteilte Mörder nur noch wenige Monate zu leben.

In einer anderen Verhandlung verurteilte das Gericht den vormals des Mordes verdächtigten Ringo Mattei aufgrund zahlreicher Straftaten und verletzter Bewährungsauflagen zu einer mehrjährigen Haftstrafe.

Wenige Tage später gratulierte die Stralsunder Polizeichefin Rositzky den Beamten des LKA-Sonderdezernates D1 zur Aufklärung des Falles. Lydia und Konrad nahmen die Glückwünsche mit ernsten Gesichtern entgegen...

ENDE

Weitere Krimis aus der Lydia-Westphal-Reihe von Birger Brand:

TOD AM KREIDEFELSEN. OSTSEEKRIMI
Lydia Westphal 1

Die Leiche des zwanzigjährigen Kellners Benjamin W. taucht eines Morgens am Fuß des Kreidefelsens auf. Als die herbeigerufene Kripo das Haus des Opfers durchsucht, kommt es zu einem schwerwiegenden Zwischenfall. Steckt mehr als nur Fahrlässigkeit dahinter? Sind hier Polizeibeamte gar in ein Verbrecher verstrickt? Nur kurze Zeit später bringt der Tod eines Verdächtigen in seiner Zelle das Fass zum Überlaufen - und weckt das Interesse von Lydia Westphal.

Die Leiterin des LKA-Dezernats für Interne Ermittlungen fährt unverzüglich nach Sassnitz, um Licht ins Dunkel zu bringen. Im Zuge ihrer Nachforschungen gerät die Kriminalrätin in ein Gemenge aus Rachegelüsten, himmelschreiender Inkompetenz und Sex-Dienstleistungen der speziellen Art.

In einem feindseligen Klima beginnt sich die Ermittlerin schnell unsicher zu fühlen. Schwebt sie tatsächlich in Gefahr? Auf welche Kollegen kann sie sich verlassen? Wer arbeitet im Geheimen gegen sie? Werden weitere Opfer folgen? Ein Ereignis jagt das andere, menschliche Abgründe tun sich auf, der große Knall steht bevor...

TOD AUF RÜGEN. OSTSEEKRIMI

Lydia Westphal 2

Im Stadtzentrum von Binz finden spielende Kinder die Leiche von Hauptkommissar Bauer, einem früheren Kollegen von Lydia Westphal. Zunächst sieht es nach Suizid aus, doch die forensische Untersuchung lässt Zweifel aufkommen...

Kaum sind die erfahrene Westphal und der attraktive Kommissarsneuling Jung auf Rügen angelangt, überschlagen sich die Ereignisse. Am Kap Arkona taucht der verstümmelte Leichnam einer Rentnerin auf. In Sellin kommt es zu einem heimtückischen Angriff auf eine junge Frau. In einer Waldhütte bei Göhren findet die nächste Bluttat statt...

Haben all diese Verbrechen etwas miteinander zu tun? Auf Umwegen gelangen die beiden Ermittler an geheimnisvolle Hinweise, die weit in die Vergangenheit der Städte Binz und Sellin reichen. Gehen Westphal und Jung der richtigen Spur nach? Können sie das Morden stoppen? Sind sie sogar selbst in Gefahr?

MORD VOR RÜGEN. OSTSEEKRIMI

Lydia Westphal 3

Ein verregneter Nachmittag im Februar. In einem verfallenen Fabrikgebäude taucht der verkohlte Leichnam einer Frau auf... und führt Lydia Westphal unerwartet mit einem alten Bekannten zusammen...

Die Beamten vom Polizeihauptrevier Bergen gehen zunächst von einem Unfall aus. Doch die Kriminalrätin außer Dienst glaubt, dass mehr hinter der unbekannten Toten steckt. Ahnungslos begibt sie sich auf die Suche nach der Identität des Opfers und gerät dabei in ein albtraumhaftes Verwirrspiel, in dem sie selbst zur Zielscheibe wird...

Als eine zweite Leiche auftaucht und ein schweres Unwetter das Telefonnetz der Insel lahmlegt, spitzt sich die Lage für die ehemalige LKA-Ermittlerin dramatisch zu. Wer von den Einheimischen steht auf ihrer Seite? Hinter welcher Fassade lauert die Fratze des Mörders? Kommt Westphal jemals wieder lebendig von der Insel hinunter?

TODESURTEIL RÜGEN. OSTSEEKRIMI

Lydia Westphal 4

An einem trüben Dezembertag wird am Ostmolenfeuer eine Leiche angespült und als Hermann Brodersen identifiziert. Der pensionierte Polizist und Lehrer lebte in der Hafenstadt und war an der Polizeischule Güstrow angestellt – an der auch Lydia Westphal vor einigen Monaten eine Stelle als Dozentin angetreten hat…

Kann die ehemalige LKA-Ermittlerin zur Aufklärung des Falls beitragen? Wer aus dem Lehrerkollegium hielt noch Kontakt zu Brodersen? Stimmt es, dass er ein stadtbekannter Säufer war und viele Feinde hatte? Warum hatte ihn seine Frau aus dem eigenen Haus geworfen? Was hat es mit dem merkwürdigen Verhalten einiger Polizeischüler auf sich? Wo ist das kleine Boot abgeblieben, mit dem er vor seinem Tod angeblich aufs Meer hinausgefahren sein soll? War es Mord oder doch Suizid?

Noch ehe Westphal eine dieser Fragen beantworten kann, taucht ein weiterer Toter auf…

LETZTE AUSFAHRT RÜGEN. OSTSEEKRIMI
Lydia Westphal 5

Am Hafen von Mukran taucht ein entsetzlich zugerichteter Leichnam auf. Schnell steht fest: Es war Mord. Die rechtsmedizinische Untersuchung ergibt, dass das Opfer über mehrere Tage gefoltert, bei lebendigem Leib zerstückelt und schließlich ins Meer geworfen wurde. Wer auf dem beschaulichen Rügen ist fähig zu einer derartig blutrünstigen Tat? Welches Motiv könnte dahinter stecken? Enttäuschte Liebe, eine nicht beglichene Schuld, politischer Fanatismus, krankhafter Sadismus?

Lydia Westphal, die nach mehrjähriger Auszeit wieder zurück beim LKA ist, übernimmt den Fall in Zusammenarbeit mit der Mordkommission Stralsund. Dort trifft sie auf alte Bekannte, aber auch auf die neue Kollegin Nina Maak. Schaffen die beiden Ermittlerinnen es, den Urheber der Bluttat ausfindig zu machen? Oder gefährdet eine Baustelle in Westphals Privatleben den Erfolg der Ermittlungen? Die Ereignisse überschlagen sich, als eine weitere Person verschwindet …

MÖRDERISCHES RÜGEN. OSTSEEKRIMI

Lydia Westphal 6

Die LKA-Ermittlerin Lydia Westphal steht an der Reling, blickt auf den blauen Strelasund und genießt die frische Brise, als es an Bord zu einer Bluttat kommt. Fast direkt vor ihren Augen. Aber nur fast.

Viel Zeit, das Rätsel zu knacken, bleibt ihr nicht. Denn kaum hat die Fähre in Rügen angelegt, überschlagen sich die Ereignisse. Ihr Kollege Konrad verursacht einen folgenschweren Unfall, eine Personenkontrolle läuft aus dem Ruder und dann taucht auch noch eine skelettierte Leiche auf …

Als Lydia daraufhin in der Hafenpension von Stahlbrode eincheckt, um verdeckt zu ermitteln, wird sie selbst zur Zielscheibe …

RÜGENRACHE. OSTSEEKRIMI
Lydia Westphal 7

Die Dezernatsleiterin Lydia Westphal besucht die Jubiläumsfeier ihres Abiturjahrgangs in Binz auf Rügen. Gegen Mitternacht findet das Fest jedoch sein jähes Ende, als die Leiche eines Mannes auftaucht. Einer von Lydias ehemaligen Mitschülern wurde offenbar direkt vor der Terrasse des Kurhotels erschossen. Was steckt hinter diesem grausamen Verbrechen? Raffgier, Rache, eine offene Rechnung? Wer ist der Täter? Einer der Feiernden oder doch ein Außenstehender?

Das Team um die LKA-Ermittlerin erkennt sofort Parallelen zu einer anderen Bluttat, die sich nur kurze Zeit zuvor auf der Nachbarinsel Usedom ereignet hat. Zeugenaussagen führen schnell zu einem ersten Verdächtigen, doch dann nehmen die Ermittlungen eine überraschende Wendung. Lydia muss ungewohnte Herausforderungen meistern und erfährt dabei Hilfe von unerwarteter Seite.

RÜGENWUT. OSTSEEKRIMI

Lydia Westphal 8

An einem feuchtkalten Dezembermorgen taucht am Rande der Baaber Heide die Leiche der angehenden Studentin Sofia auf... Und ausgerechnet ein Kollege der LKA-Dezernatsleiterin Lydia Westphal gerät unter Mordverdacht. Er soll die junge Frau, die gern auf Dating-Seiten unterwegs war, am Vorabend ihres Todes am Neuensiener See getroffen haben. Doch obwohl etliche Indizien den Kommissar schwer belasten, ist Lydia von seiner Unschuld überzeugt. Im Zuge ihrer Ermittlungen stößt sie nicht nur auf Widerstände innerhalb und außerhalb der Polizei, sondern wird auch selbst zur Zielscheibe mehrerer Angriffe...

Vor allem aber befürchtet sie, dass der Täter ein weiteres Mal zuschlagen könnte...

MORDNACHT AUF RÜGEN. OSTSEEKRIMI

Lydia Westphal 9

In einer regnerischen Nacht kehrt der bekannte Influencer Erol in eine Kneipe am Wieker Hafen ein und gerät dort in einen handfesten Streit mit einem Gast namens Hendrick Wittke. Obwohl der örtliche Polizeichef rechtzeitig hinzukommt und eine Eskalation verhindern kann, treibt Wittkes Leiche am nächsten Morgen im Hafenbecken. Erste Indizien belasten Erol schwer. Der Mörder scheint festzustehen...

Im Zuge der anschließenden Ermittlungen stößt Lydia Westphal nicht nur auf Ungereimtheiten in der Beweislage, sondern auch auf unerbittliche Widerstände bei den Ortsansässigen. Wer von ihnen ist in das Verbrechen verstrickt? Was haben die mysteriösen Geldverstecke in den Wäldern Rügens mit alledem zu tun?

Die Lage gerät außer Kontrolle, als es zu mehreren Angriffen auf Lydia kommt. Und eine zweite Leiche auftaucht...

TÖDLICHES RÜGEN -

DIE LEICHE VOM NORDUFER. OSTSEEKRIMI

Lydia Westphal 10

Nach einem Herbststurm watet Mad Petersen auf der Suche nach Bernstein durch das seichte Wasser der Ostsee... Und stolpert plötzlich über die Einzelteile einer zerstückelten Leiche.

Als Lydia Westphal an den Tatort kommt und die sterblichen Überreste erblickt, zuckt sie vor Schreck zusammen. Hat sie das Gesicht des Toten nicht erst kürzlich auf einem Foto ihrer Tochter gesehen?

Während Lydia und ihr Team noch im Dunkeln tappen, taucht die nächste Leiche auf. Diesmal handelt es sich um einen bis zur Unkenntlichkeit verkohlten Mann. Ist er das zweite Opfer ein und desselben Täters? Drohen weitereVerbrechen? Oder kann Lydia den Täter rechtzeitig stoppen?

TÖDLICHE OSTSEEKÜSTE -
DER MORD AM NORDDEICH. OSTSEEKRIMI
Lydia Westphal 11

Ein pensionierter Hauptkommissar findet die Leiche des IT-Unternehmers und Immobilienbesitzers Olaf Praat an der Ostseeküste. Ist der Tote mit dem zerschmetterten Schädel einem Unfall zum Opfer gefallen oder steckt ein Verbrechen dahinter?
Erste Recherchen führen die Polizei auf ein winziges Eiland zwischen Rügen und Hiddensee. Während die Ermittler die Familienangehörigen des Verstorbenen befragen, taucht eine zweite Leiche auf...

Lydia Westphal und Konrad Jung ermitteln wieder gemeinsam in einem fesselnden Mordfall auf und rund um Rügen. Leichen am Strand, Verfolgungsjagden übers Meer und dunkle Machenschaften – erzählt mit Spannung, Humor und Lokalkolorit.

Weitere Krimis von Birger Brand:

DIE FRIESENKOMMISSARIN:
DER TOTE AM KUTTERHAFEN. NORDSEEKRIMI

Hanna Diercksens erster Fall
Die neue Cosy-Krimi-Reihe aus Nordfriesland

Der Feuerteufel treibt sein Unwesen in Husum. Schon die zweite Nacht hintereinander brennen die Yachten vor dem Fischmarkt am Kutterhafen. Und nun taucht auch noch eine Leiche auf. Wer ist der Tote? War es ein Unfall oder war es Mord?

Fragen über Fragen für Hanna Diercksen, die sich ihren ersten Tag als Hauptkommissarin bei der Kripo Husum ganz anders vorgestellt hat. Gemeinsam mit Oberkommissar Ole Andersen und Berufsanfänger Hauke Mattes nimmt sie die Ermittlungen auf. Schnell stehen die ersten Verdächtigen fest. Folgt das sympathische, aber ungleiche Team auch den richtigen Spuren?

TÖDLICHES SYLT. NORDSEEKRIMI

Jenny Arens 1

An einem Morgen im September findet eine Putzkraft beim Bettenmachen im Lister Hotel "Arosa" die Leiche einer auffallend schönen Frau, getötet mit einem einzigen Stich ins Herz. Wer ist die Unbekannte? Wieso ist sie niemandem im Hotel aufgefallen? Kannte der letzte Gast des Zimmers 212 die Tote?

Jenny Arens hat ihren ersten Tag im Kommissariat Niebüll und soll gleich mit nach Sylt. Noch am Tatort stößt sie auf eine heiße Spur, die sich jedoch bald wieder verliert. Wer steckt hinter dem Verbrechen? War es ein wohlhabender Liebhaber, ein eifersüchtiger Mitbewohner oder der zwielichtige Inhaber einer Sylter Reinigungsfirma?

Als die Ermittlerin aufdeckt, dass einer der Verdächtigen freundschaftliche Beziehungen zu ihrem Chef unterhält, wird sie misstrauisch. Was verbindet die beiden? Und wieso machen ihr ein paar gehässige Kollegen das Leben so schwer?

Die Ermittlungen führen Arens an verschiedene Orte auf der ganzen Insel: List, Kampen, Wenningstedt, Westerland, Keitum. Dort warten nicht nur weitere Verdächtige und blutige Tatorte, sondern auch schmerzhafte Erinnerungen. Denn Arens kennt die nordfriesische Insel nur allzu gut...

TODESINSEL SYLT. NORDSEEKRIMI

Jenny Arens 2

Auf einem Campingplatz in Rantum taucht eine übel zugerichtete Leiche auf. In dem eingeschlagenen Schädel des Toten steckt eine Austernschale. Makabres Spiel oder unheilvolle Botschaft? Kommissarin Jenny Arens übernimmt den Fall.

Wie sich herausstellt, handelt es sich bei dem Opfer um einen verurteilten Schwerverbrecher. Was wollte er auf der Insel der Reichen und Schönen?

Die Ermittlungen sind kaum angelaufen, als Jenny von dem Fall abgezogen wird... Was folgt, ist eine Reihe von unerwarteten Entdeckungen in einem wahrhaft düsteren Winkel der Insel...

Printed in Poland
by Amazon Fulfillment
Poland Sp. z o.o., Wrocław

60974672R00122